JOURNÉES PERDUES

L'*indé*FINIE

Frédéric SCHIFFTER

JOURNÉES PERDUES

SÉGUIER

Conception graphique :

Couverture : Mina Perrichon & Julie Muñoaga

Photographie : Sur le tournage de *La Grande Bellezza* (2013) de Paolo Sorrentino. L'acteur Toni Servillo dans son rôle de Jep Gambardella. © Gianni Fiorito

Maquette intérieure : Julie Muñoaga

ISBN : 978-2-84049-741-7

Séguier : 3, rue Séguier – 75006 Paris – 01 55 42 61 40
contact@editions-seguier.fr

Catalogue en ligne : www.editions-seguier.fr

S É G U I E R

éditeur de curiosités

AVANT-PROPOS

L'été dernier, une fin d'après-midi d'août 2016, Jean Le Gall, directeur des éditions Séguier, me retrouve à la terrasse de l'HP – c'est ainsi que j'appelle l'Hôtel du Palais. Tandis que nous sirotons nos cocktails en contemplant la lumière qui décline sur la Grande Plage, mon ami me dit :

– Tu devrais écrire sur l'art de s'ennuyer à Biarritz et je te publierai.

L'idée me plaît.

– Dans le fond, tes livres te sont inspirés par une douce neurasthénie et Biarritz en est le décor. Réfléchis à ma proposition.

Une fois seul, je songe à cet ouvrage. Que faire ? Un bref essai philosophique ? Un de plus ? Cette perspective ne me réjouit pas.

En aspirant le fond de mon verre avec la paille, une solution m'apparaît avec évidence.

Pour évoquer mon ennui, le mieux est de rendre compte de mes journées vouées à regarder passer le temps. L'homme affairé tient un agenda, l'homme sans horaire son journal intime. Le premier note ses rendez-vous avec les autres, le second consigne ses réunions avec lui-même. Mon livre est pour ainsi dire achevé. Il sera fait des carnets écrits du 1er janvier 2015 au 31 décembre 2016. Deux ans vécus à Biarritz, ville de tous mes excès casaniers. Des jours qui se sont succédé entre flâneries, lectures, griffonnages et siestes. Des nuits à faire les cent pas dans mon crâne en attente de l'aurore. Des heures qui ont tourné sans déformer la mollesse de leur cadran.

En écrivant ces pages, j'ai trompé mon ennui sans lui être infidèle. Pour l'amateur de moments perdus qui les feuilletera, j'espère qu'il en sera de même.

F. S.
Mars 2017

Et tout cela pour rien !
L'Ecclésiaste

Janvier 2015

En classe de troisième, je lisais *Charlie-Hebdo*. Je sautais les textes de Cavanna et de Jackie Berroyer pour ne regarder que les dessins dont j'aimais le côté anarcho-potache. Plus tard, après une période de désaffection, je repris l'habitude de l'acheter pour les critiques cinématographiques de Jean-Patrick Manchette et, plus tard encore, pour la chronique littéraire de Michel Polac. Dans cet attentat contre *Charlie-Hebdo*, j'ai le sentiment d'avoir perdu de vieux amis que je ne connaissais pas personnellement mais qui m'avaient tant de fois donné l'occasion de rire de la bêtise et de la méchanceté – tares qu'ils reprenaient ironiquement à leur compte. Il faut préférer les méchants aux crétins, disait Anatole France, car les premiers, au moins, se reposent. Je pense depuis longtemps quant à moi que la méchanceté procède de la bêtise ou que l'une n'existe pas sans l'autre. Les assassins de Charlie en ont donné la preuve.

J'ai rédigé la préface du Chamfort que la collection G-F, à l'occasion de son cinquantenaire, réédite sous le titre *La pensée console de tout*. Comment résister à ce plaisir de « présenter » ce maître de misanthropie dont la marquise du Deffand, une redoutable rivale en la matière, disait : « Il est aux petits soins pour déplaire ! » ? La plupart des maximes de Chamfort s'apparentent aux *Pensées pour moi-même* de Marc Aurèle. Au nombre des conseils qu'il se prescrit il y a celui-ci : « *Quand on veut devenir philosophe, il ne faut pas se rebuter des premières découvertes affligeantes qu'on fait sur les hommes. Il faut, pour les connaître, triompher du mécontentement qu'ils donnent, comme l'anatomiste triomphe de la nature, de ses organes et de son dégoût, pour devenir habile dans son art.* » Pénétré de ce précepte, Chamfort ne s'y est jamais conformé. M'en étant coiffé moi-même, je n'y ai pas davantage obéi. Si la raison s'avère bien disposée à l'égard de la philosophie, le cœur, le plus souvent, s'y montre indifférent. Quand le dégoût que l'on a des hommes tord les sentiments, comme on dit d'un poison qu'il tord les entrailles, la seule sagesse est de vomir.

En regardant les grands rassemblements populaires de ces derniers jours, je songeais à ce passage de *La République* où Platon compare la foule à un gros animal décérébré mû par ses émotions et qu'un habile dompteur, qui en connaîtrait et prévoirait les réactions, saurait conduire là où il le désirerait. Des heures durant, les médias ont tendu leurs micros vers les milliers de bouches de ce Léviathan urbain d'où dégoulinaient des flots de gnangnan. Le pire fut l'apparition de ces foules embryonnaires, sortes d'avortons tombés des flancs informes du monstre, je veux parler des *communautés religieuses*, dont les commentateurs se plurent à exhiber les têtes bavardes et à leur offrir le crachoir. L'idée était de réunir devant les caméras un imam, un rabbin, un curé, un pasteur s'il en traînait un par là, et de leur faire dire combien ils se sentaient désormais comptables de l'union nationale et garants de la fraternité républicaine. Or il suffisait de voir comment ces hommes pieux s'observaient du coin de l'œil, pour comprendre que le seul sentiment œcuménique qui les anime est la haine – haine des uns à l'égard des autres, haine de la laïcité, mais, surtout, sous leur mine compassionnelle, haine des blasphémateurs. On devinait qu'il n'eût fallu trop les pousser pour qu'ils se missent à brailler en chœur ce passage du *Lévitique* (24 : 16) dont ils se recommandent tous, sans distinction : « *Celui qui blasphémera le nom de l'Éternel sera puni de mort.* » Juifs et Chrétiens rêvaient de liquider les mécréants de *Charlie Hebdo*, des Mahométans l'ont fait.

Quand la foule prend un bain de foule...

Béatrice est venue me masser. Une heure et demie de volupté. Je me suis endormi pendant qu'elle pétrissait mon dos en douceur. J'ai raté le passage de ses mains sur mes fesses.

Ce que les embesognés appellent paresser n'est qu'une séance de repos bien méritée avant d'entreprendre la moindre tâche.

Déjeuner avec Fabrice à la Lucciola. Depuis que nous avons instauré ce rendez-vous mensuel il y a quatre ou cinq ans, c'est une petite fête pour lui comme pour moi. Deux vieux camarades de lycée devenus amis et qui, des lustres et des lustres plus tard, continuent à se marrer et à discuter comme dans les années 1970. Notre grand jeu : utiliser dans notre conversation les éléments de langage du temps. Nous entrons dans de nouvelles séquences, nous envoyons des signes forts, nous faisons face à des situations ingérables qui impactent ceci ou cela, nous entrevoyons de changer de logiciel si nous voulons faire bouger les lignes, sans oublier de nous investir dans des projets ambitieux, etc. Je soupçonne Fabrice, qui est avocat, de placer d'affligeantes expressions de ce type dans ses plaidoiries, histoire de se faire rire tout seul sous cape. Nos déjeuners durent des heures qui filent comme des minutes. Après nos cafés, nous allons faire quelques pas en bord de mer. Comme lorsque nous étions adolescents nous jouons la montre contre les obligations sociales. Nos parlotes passent avant tout. Fabrice reçoit quantité de coups de fil. Il regarde qui l'appelle, mais ne décroche jamais. Le droit peut attendre. Vers 16 heures, il prend congé.

Non loin de mes fenêtres, des peintres ou des maçons s'activent sur une maison à retaper. La supériorité du travailleur intellectuel sur le travailleur manuel c'est qu'il ne sifflote pas quand il lit ou quand il écrit.

Je n'ai pas encore terminé, loin s'en faut, la *Vie du marquis de Sade* de Gilbert Lely. Je ne le lis que chez moi. Le volume est bien gros, peu commode pour me promener *pedibus* dans les lacets de la Chambre d'Amour – jusqu'au banc ensoleillé, face à l'océan, où je m'installe pour lire. Je n'aime pas être chargé quand je flâne. Un homme libre se reconnaît à ce qu'il a les mains vides. *Le Dernier tango de Kees Van Dongen*, de François Bott (Cherche Midi), ne contrarie pas ce principe. Mince comme un étui à cigarettes chic, l'objet se glisse dans une poche de veste. Lely conte par le menu et avec un souci d'exactitude historique la vie du marquis. François Bott donne la parole à Van Dongen. Dans sa villa monégasque, au mois de mai 1968, le peintre rassemble ses souvenirs juste avant de « *prendre congé de la planète* ». Allongé sur le grand lit oriental de sa chambre, tandis que de jolies infirmières s'affairent autour de lui, l'artiste évoque près de quatre-vingts ans passés à peindre et à aimer les femmes. Il appréciait tous les genres, confesse-t-il : « *les femmes du monde et celles du demi-monde, les courtisanes, les femmes du peuple, les bourgeoises, les danseuses, les baronnes sur le retour, les dernières comtesses qui soignaient leur spleen* ». À quatre-vingt-onze ans, quand il voit une jeune fille en blouse blanche se pencher sur lui, il songe encore que c'est là le « *plus beau paysage du monde* ». Parmi ces corps en robe du soir et ces visages aux grands yeux qui défilent dans sa mémoire, Kees repense à Guus, à Jasmy et à Marie-Claire, les trois muses qui partagèrent de grandes périodes de son existence. Mais comment étaient-elles ? « *Elles n'étaient plus que des ombres. On perd de vue les gens avant même qu'ils ne disparaissent : des silhouettes qui se rétrécissent comme sur les quais de gare et s'effacent comme la jeunesse.* » Le vent du sud avait poussé des nuées grises et longues venant d'Espagne au-dessus du golfe de Gascogne. La lumière convenait à l'atmosphère douce et hivernale de ma lecture, idéale pour une excursion nostalgique. Des joggeuses sveltes et jambes nues passaient devant moi, transpirantes, des écouteurs sur la tête, les cheveux noués en une queue-de-cheval ballottant au rythme de la foulée. Kees était un athlète. Sans doute aurait-il couru assez vite pour rattraper l'une de ces trotteuses et la convaincre de la coucher sur une toile.

Les livres que j'interpose entre mon regard et le monde sont aussi des œillères.

« Ce n'est pas à moi que tu vas apprendre à... » J'ai remarqué que les types qui usent de cette expression ne savent que peu de choses en dehors de ce qu'ils prétendent maîtriser. Je n'ai pas souvenir d'avoir pris quiconque de haut en lui disant : « Ce n'est pas à moi que tu vas apprendre à cafarder », même si je me flatte de ma longue pratique en la matière.

Créer, aimer ? Des corvées ! Faire la guerre, faire la paix, faire la révolution ? Des corvées ! Souffrir ? Une corvée ! Jouir ? Une corvée ! Rêver ? Une corvée ! Penser ? Une corvée ! Vivre ? Une corvée ! Se suicider ? Une corvée ! Allez, les humains, corvée de corvées !

Février 2015

Mon *Dictionnaire chic* est en librairie depuis plusieurs mois. Comme à chaque fois que paraît un de mes livres, ma satisfaction narcissique est assombrie par un sentiment d'à-quoi-bon, voire de remords. Même si j'ai peu de lecteurs, j'éprouve une sorte de gêne à m'exposer sous la forme de l'écrit. En fait, il en va de ce malaise comme de la timidité. Ce n'est qu'une marque d'orgueil, la crainte de ne pas atteindre la qualité que j'attends des candidats à l'écriture et avant tout celle des grands qui m'ont donné le désir d'écrire – et que je devine toujours penchés au-dessus de mon épaule quand je noircis des pages.

Si libérale avec la notion de création et, dans le même temps, si peu regardante sur la qualité des œuvres, la seconde moitié du XXe siècle aura impatronisé dans le domaine des arts, des lettres, de la pensée, nombre de braves citoyens dotés d'un petit talent. Le processus s'est accéléré au XXIe. Qui, désormais, n'a pas un voisin peintre, photographe, écrivain, philosophe ?

Entendu Éric Zemmour raconter qu'ayant eu, enfant, un père absent, il fut éduqué avec sévérité par sa mère et sa grand-mère qui, *dixit*, lui « apprirent à devenir un homme » – et à oser arborer à la télévision des chemises roses.

Je me suis rendu compte que j'avais le don de prédire l'avenir des gens en lisant dans la forme évanescente des nuages.

Je vais en faire un métier. J'ai déjà imprimé ma carte professionnelle :

Frédéric Schiffter
Nébulologue

Hier, comme prévu, j'ai dédicacé mon *Dictionnaire chic*. À cause d'une panne d'électricité, la séance n'a pas eu lieu au Bookstore, mais juste en face, de l'autre côté de l'avenue, au premier étage d'un petit restaurant : le Sésame. Il est venu du monde, comme on dit. J'ai improvisé une causerie qui tourna assez vite en une conversation aimable et détendue. L'ami Tristan, que je croyais à Paris, apparut par surprise. Ce fut un moment agréable. En rentrant chez moi, je songeai combien il est étrange que des gens se déplacent pour venir échanger avec un type comme moi qui se croit tellement seul quand il prend la déposition de ses humeurs. À ces occasions, je veux parler des séances de signature, j'apprends même que j'ai des lecteurs fidèles. En me lisant, des anonymes me connaissent davantage que je ne les connaîtrai jamais. La littérature impose un commerce des âmes inégalitaire. Ce samedi soir, cependant, j'ai reçu une belle leçon d'humilité. Je ne suis pas si incompris que je me plais à le croire.

Ce n'est pas avec son *opus magnum* – *Le Monde comme volonté et comme représentation* – que Schopenhauer s'est fait connaître, mais grâce à ses *Parerga et Paralipomena* (« Suppléments et Omissions »). Comment aurais-je pu atteindre à une quelconque notoriété moi qui n'ai écrit que des opuscules périphériques ne gravitant autour d'aucune œuvre centrale ?

Malherbe reprochait à je ne sais plus quel poète de « *n'être à l'État pas plus utile qu'un joueur de quilles* ». Étrange conception du poète ou de la poésie. N'être pas plus utile à l'État qu'un joueur de quille, voilà une ambition à laquelle trop de philosophes ont renoncé. Ne servir à rien et ne servir personne, c'est le début ou le sommet, comme on voudra, de la sagesse.

En attaquant mes trapèzes et les muscles de mes omoplates, Béatrice m'a trouvé « bétonné ». « Je barricade mes nerfs dans un bunker », lui ai-je dit entre deux soupirs d'aise et de douleur.

Il y a du vrai dans la remarque de Plutarque selon quoi une raillerie bien tournée peut offenser davantage qu'une injure brutale. L'offensé pardonnera l'injure proférée sur le coup de la colère, spontanée et aveugle, plus facilement que la raillerie dite à froid, pensée et préméditée. J'ajouterai qu'une raillerie est d'autant plus difficile à digérer par celui qui en fait l'objet, qu'elle contient toujours une part de vérité sur lui-même – attestant par là que le railleur a su l'observer, voire l'étudier. Aussi la raillerie, en amitié, s'avère-t-elle d'un usage délicat. Se moquer ouvertement d'un ami, devant lui et en société, revient à en faire la satire publique *ad hominem*.

Récemment, j'entendais un ancien écrivain qualifier Houellebecq de « déchet humain », regrettant même qu'il n'ait pas encore recouru aux services de Dignitas – l'entreprise suisse spécialisée dans le suicide assisté. Le ressentiment que suscite Houellebecq chez nombre de gens de plume, retraités ou en activité, tient naturellement à ce qu'il leur est supérieur. *Soumission* en apporte une fois de plus la preuve. Si un roman n'était qu'un coup éditorial, ou bien un gag, ou bien une sorte d'essai, il serait raté du point de vue esthétique. Or le talent de Houellebecq consiste à construire un récit mêlant à la narration ces trois éléments-là sans qu'on puisse le réduire à un seul d'entre eux. Quand on ouvre le livre, on oublie aussitôt la rumeur qui a précédé sa parution, on en accepte l'invraisemblable fiction politico-farcesque et on s'attache au personnage principal, à son cynisme tranquille. Le liant qui permet à Houellebecq de servir une œuvre littéraire cohérente à ses lecteurs c'est son art des remarques vachardes, drôles, bien senties et proches de la réalité. Les islamo-peureux y ont trouvé matière à conforter leurs obsessions, le scénario prémonitoire du destin de la France. On comprend vite que Houellebecq s'amuse de la hantise franchouillarde de l'islamisation de la société. Elle lui fournit en particulier l'occasion de caser de savoureux couplets antiféministes. Déambulant dans un centre commercial, François, le narrateur, constate que si la boutique *Jennyfer* fermera bientôt pour n'avoir plus rien à proposer de convenable à une adolescence musulmane, en revanche, le magasin *Secret stories* spécialisé dans la lingerie fine de marques dégriffées continuera de prospérer – comme le prouvent des enseignes de ce type à Ryad ou Abu Dhabi où les produits Chantal Thomass ou La Perla remportent un vif succès grâce, justement, à l'obligation faite aux femmes de se voiler. « *Vêtues dans la journée d'imperméables burqas noires, les riches Saoudiennes se [transforment] le soir en oiseaux de paradis, se [parent] de guêpières, de soutiens-gorge ajourés, de strings ornés de dentelles multicolores et de pierreries ; exactement l'inverse des Occidentales, classe et sexy pendant la journée parce que leur statut social [est] en jeu, qui [s'affaissent] le soir en rentrant chez elles, abdiquant avec épuisement toute perspective de séduction, revêtant des tenues décontractées et informes.* »

Sur Houellebecq, toujours, je viens de retrouver une notule envoyée il y a deux ans à Jérôme Leroy :

> Les romans de Houellebecq peuvent se lire comme des textes de critique sociale. Mais le monde décrit par le féroce et froid satiriste n'est gros d'aucune révolution. Aucun autre monde n'est en gestation ni n'est près d'advenir dans les crises qu'il lui arrive de traverser. La violence qui le secoue, qu'elle soit politique, religieuse – totémique, comme vous dites – criminelle, etc., fait partie de son métabolisme. Il évolue, sans doute, semblant prendre ici un « tournant » et là amorcer une « rupture ». Mais, *in fine*, il demeure plat. C'est un réel sans arrière-monde. La carte du monde est là, sans verso, sans version de rechange plus attrayante et elle se confond avec lui. C'est cette absence totale d'arrière-monde chez Houellebecq qui appelle la « forme plate » de son style. « *La dalle du centre commercial Olympiades était déserte en ce matin de décembre, et les immeubles quadrangulaires et élevés, ressemblaient à des glaciers morts.* »

Insomnie. Encore une. Une bande de démons faisait la fête dans mon crâne. Pour imposer silence à ce petit monde, je me suis levé et j'ai pris dans ma bibliothèque *Le Cahier rouge*, de Benjamin Constant, que je n'avais jamais lu. Joli autoportrait inachevé de l'auteur en fils à papa, réceptif au savoir mais rétif à ses maîtres, joueur compulsif tapant ses amis pour se refaire, laissant des dettes un peu partout, en Angleterre, en Hollande, en Allemagne. Le récit se termine sur un duel à propos d'une sombre histoire de chiens. En refermant l'opuscule, je repensai à la dispute qui opposa Constant à Kant sur la question du devoir de ne jamais mentir. Je ne me rappelle plus leurs arguments respectifs, mais je donne raison à Constant. Quand on a écrit un chef-d'œuvre comme *Adolphe*, on a forcément raison contre un homme qui n'a écrit que de lourds traités de philosophie.

Comme le sommeil ne venait toujours pas, j'ai ouvert mon ordinateur. Sur la page d'un hebdomadaire en ligne, j'ai appris qu'une étude entomologique venait de démontrer que, contrairement à ce que l'on croyait, il existait des fourmis paresseuses. Des myrmécologues ont constaté que dans une fourmilière quelques marginales se la coulaient douce et narguaient les travailleuses. Les savants ont-ils observé des fourmis insomniaques ? La nouvelle, en tout cas, est excellente. Touchante, même. Désormais, avant d'écraser une fourmi qui ose me chatouiller quand je suis étendu sur l'herbe, je tâcherai de voir si j'ai affaire à une glandeuse en vadrouille – auquel cas je l'épargnerai. Finalement, cette nuit blanche sera sans doute ruineuse pour mes nerfs mais profitable pour ma culture littéraire et scientifique.

J'ai loué *Ida*, le film de Pawel Pawlikowski. Un noir et blanc à la fois austère et lumineux pour évoquer une Pologne soviétique d'après-guerre. Deux beaux personnages de femmes. Wanda, la tante, juge d'instance impitoyable avec les « ennemis du peuple », grillant cigarette sur cigarette, consommant homme sur homme, maquillée pour atténuer sur son visage les marques du désespoir. Ida, la nièce, orpheline éduquée dans un couvent, qui, même si elle apprend par Wanda que ses parents étaient juifs, décide finalement de demeurer dans l'Église catholique et d'y prononcer ses vœux. Un passage magnifique quand le jeune joueur de saxophone pris en stop par Wanda et Ida interprète avec son groupe de jazz, le soir, dans le restaurant d'un hôtel, *Naïma* de John Coltrane.

Je prends l'ascenseur en compagnie de ma voisine, Mme de ****, une dame âgée très comme il faut. Au rez-de-chaussée, nous tombons sur la femme de ménage de la résidence affairée à nettoyer le hall de l'entrée.

Moi : Bonjour Pierrette !

Pierrette : Bonjour Monsieur…

Madame de **** : Ah ! Pierrette ! Quel joli nom ! Quand j'étais enfant, j'allais à notre maison de campagne avec mes parents. Figurez-vous que le paysan du coin avait une vache qui s'appelait Pierrette.

Je me suis fait un nouvel ami. Un écrivain. Il s'appelle Roger Rudigoz. Il est mort en 1996. Cela n'a pas d'importance puisqu'il a laissé son *Journal (1960-1962)* où il mêle des souvenirs d'enfance, de sa jeunesse, de sa captivité en Allemagne à des anecdotes consignées sur le vif et à des considérations sur l'actualité d'alors – c'est-à-dire la guerre d'Algérie (Rudigoz rappelle que le gouvernement français fit décapiter dans les cours de prisons des centaines de Musulmans). Un journal intime est la seule preuve sérieuse de l'existence d'une âme. Celle de Rudigoz était chagrine. L'homme en a bavé, comme on dit. Comme il ne voulait vivre que pour écrire, la vie l'a contrarié. Il endura des peines de cœur, des jours sans pain, des mois derrière des barbelés. Il connut toute forme de dèche y compris celle du succès – qui ne dura pas. Lire Rudigoz c'est partager ses humeurs, ses regrets, les quelques espoirs qui lui restaient. C'est goûter son humour, surtout, que lui inspirait entre autres la bêtise optimiste – *« Si l'homme avait été créé pour souffrir, il trouverait que le monde est bien fait »* –, sa misanthropie – *« Le problème du bien et du mal est simple pour un écrivain : tous ceux qui d'une manière ou d'une autre l'empêchent d'écrire sont des ennemis »* –, la présence des jolies – *« Ce soir dans le métro une jeune fille s'est appuyée longtemps contre moi. J'ai eu envie de lui dire : "Mademoiselle, vous avez fait une bonne action !". »* Lire Rudigoz, c'est jouir d'une prose où l'écriture se fait oublier, autant dire jouir d'un grand style.

Mars 2015

Souligné dans *Béton* de Thomas Bernhard : « *Il nous faut être seul et abandonné de tous si nous voulons aborder un travail de l'esprit.* »

Ces journées sans goût pour la lecture, sans ressort pour écrire, sans envie de voir du monde, journées de lassitude sans même commencer à vivre...

De l'ennui suppure l'idéal ou le doute.

Écrire des mots délicats sur la réalité pour en estomper les rugosités comme la voilette d'un chapeau sur le visage fatigué d'une femme...

Au XVIIIe siècle, une demoiselle avait le devoir d'orner sa conversation de tournures légères et caustiques. Aurait-elle confondu liberté de ton et licence verbale que Mme Geoffrin, la marquise du Deffand ou Julie de Lespinasse, l'auraient chassée de leur salon. En lisant l'entretien qu'Adèle Haenel a donné à *L'Obs* je me suis dit que, désormais, pour qu'une jeune et jolie actrice passe la rampe, pareille obligation n'a plus aucune importance. On peut faire de la scène, jouer le répertoire, mais, à la ville, vandaliser le beau langage. Adèle Haenel parle comme une *sportive* qui livre des impressions de match dans un vestiaire. Dans les années cinquante ou soixante, on se moquait des starlettes de Cannes. Or quand on revoit des documentaires de ce temps-là, on est frappé de la qualité du français de ces grisettes modernes sans culture artistique, littéraire et, même, cinéphilique. Que dire alors de l'éloquence à la fois timide et coquette avec laquelle Claudia Cardinale répond à François Chalais, parfois égrillard, sans se départir de son assurance ? Claudia, qui désirait être institutrice, a vingt-quatre ans. Elle relate sa rencontre avec Moravia. Elle a déjà tourné *Le Guépard* et *Le Mauvais Chemin*. Le charme de Claudia n'est pas que dans sa voix et son sourire mais aussi dans ses mots choisis qui rappellent que le cinéma est une autre forme de la littérature.

Léon Daudet considérait que Maupassant ne pouvait être un grand écrivain en raison de son « ignorance crasse » revendiquée (?) en littérature. « *Un écrivain doit avoir beaucoup lu et connaître les dessous de son métier. Sinon ce qu'il écrit lui-même manque de consistance, de soutènement. La culture générale est indispensable à quiconque prétend peindre la vie des autres, exprimer leurs sentiments, même se raconter soi-même. Elle ne donne point des ailes, c'est entendu. Mais elle donne le souffle à celui qui a des ailes.* » Sans doute. En attendant, les romans, contes et nouvelles de Maupassant – dont le métier n'était pas d'être critique mais fonctionnaire et qui, par là, écrivait bien plus qu'il ne lisait – ont été propulsés plus loin dans la postérité que ceux de Daudet.

Au Plaza, deux types discutent à une table proche de la mienne. L'un dit à l'autre : « Pourtant je t'assure qu'elle était heureuse avec moi. » Dans la minute précédente, il apprenait à son ami qu'il venait de se faire plaquer. Si, donc, la belle avait fait ses bagages, ce n'était pas parce qu'elle était malheureuse ou parce qu'elle s'ennuyait. La raison était ailleurs. Les femmes sont absurdes, semblait répondre l'autre type en hochant la tête.

La certitude de rendre autrui heureux est semblable à celle de plaire à des lecteurs. Non seulement je n'éprouve ni l'une ni l'autre, mais j'ai souvent le sentiment que je suscite l'ennui chez mes proches et que mes livres récoltent le mépris des esprits sérieux.

Lu le tome 3 du *Manifeste incertain* de Frédéric Pajak consacré, comme les deux premiers, à Walter Benjamin. Mieux que le style, c'est le ton qui, pour moi, fait l'écrivain. Une sorte de voix – ou de petite musique, disait Sagan. L'écrivain vous raconte une histoire, mais c'est lui qu'on entend d'abord. Depuis des années, Pajak interprète des chansons différentes mais sur le même ton mineur en s'accompagnant à l'encre de chine. Il chante et peint la ballade de solitaires – Apollinaire, Nietzsche, Pavese, Joyce – dont il entrelace parfois les destins décalés dans l'histoire. Dans ce tome 3 du *Manifeste incertain*, parallèlement à l'errance tragique du Juif Benjamin, on suit les errements pathétiques du poète dément, fasciste et antisémite Ezra Pound qui finira ses jours à Venise en 1972, à l'âge de quatre-vingt-sept ans. Pajak aime le premier, mais ne juge pas le second. Quelle que soit l'époque, les âmes s'engouffrent enthousiastes ou accablées dans des impasses. Évoquant le temps de sa jeunesse, Pajak écrit : « *Nous haussions le ton parce que nous n'avions rien à dire. Et d'ailleurs nous n'avons rien dit* ». J'ai le même âge que Pajak. C'est la phrase la plus juste sur notre génération que j'aie jamais lue.

Brève correspondance avec Thierry Marignac à propos de Frédéric Pajak :

TM : Ouais, Pajak sur Benjamin… Quand est-ce qu'on sort de la brocante chicos ?… Pajak lui-même était un éditeur assez escroc, à une certaine époque, j'en parle d'expérience, mais était célèbre pour ça. Alors forcément ça donne un certain recul sur ses écrits « éthiques ». Et puis, la floraison de livres plus ou moins « historiques » dont il y a eu pléthore cet automne me semble le signe d'un manque d'imagination consternant pour des histoires qui seraient contemporaines. Elles sont le plus souvent justifiées par les théories modernistes datant d'il y a cinquante ou soixante ans. Elles dénotent surtout, à mes yeux, une incapacité, ou une paresse, de s'attaquer à l'art du roman, un art à part entière. Ces intellectuels prompts à élaborer sur des faits passés dans l'Histoire, ce qui ne demande pas grand effort, choisissent la facilité.

FS : Hélas !, cher Marignac, tout le monde écrit des romans, à présent. Des romans ceci, des romans cela, à tel point que l'on ne sait plus définir le genre. Pajak s'empare de destins de solitaires. Des jusqu'au-boutistes de la mélancolie, comme il dit. Des jusqu'au-boutistes tout court. Pourquoi n'écrit-il pas de romans ? Par facilité ? Parce que cela ne l'intéresse pas. Vous l'accusez de céder à une mode. Or Pajak suit une trajectoire depuis des années qui est restée totalement dans l'ombre. Cela tient à ce qu'il dessine en même temps qu'il écrit. On peut y voir un défaut, une hésitation entre deux expressions. C'est un genre à part. Depuis longtemps Pajak fait bande à part. Et ça me plaît. Et enfin, où voyez-vous de l'*éthique* dans ses livres ? Ce ne sont que des évocations sur le temps qui passe et emporte des hommes et leurs mots.

TM : Non, cher Schiffter, je ne crois pas que vous m'ayez répondu. Plus personne n'écrit de romans. Ils écrivent des « romançages » historiques, voire le Goncourt de cette année, celui de l'année précédente, et tant d'autres productions recyclage du rétro, comme votre Pajak que je connais, ou de l'autofiction, autre genre de déchéance moderne. De véritables romans, écrits avec art, jouant sur les paradoxes et les ambiguïtés, tant du réel, que du langage, il y en a très peu, parce que plus personne ne sait le faire. Ceux qui en écrivent sont des Poivre d'Arvor, best-sellers téléviso-gouvernementaux. Les véritables romanciers sont très rares, contrairement à ce que vous dites. Ceux qui prennent des risques avec une histoire et des enjeux contemporains – à exclure également les romanciers « à thèse » qui écrivent pour leur chapelle politico-culturelle. Ceux qui, comme Pajak s'emparent d'un « destin de solitaire » (combien d'entre eux cette seule rentrée littéraire !… lâchez-nous la grappe, on lira les bios !…) pour vendre leur soupe, désolé, me semblent extrêmement suspects. Flemmards et opportunistes, ils encombrent les rayons des libraires. Il n'y a plus que les romanciers qui n'écrivent plus. Le reste, je le garde pour moi, mais vous l'avez entendu aussi. Et puis, en réfléchissant, si, cher Frédéric, quand on aborde l'école de Francfort, la question des Juifs allemands en 1940, on est qu'on le veuille ou non dans une revendication « d'éthique », et surtout, on fait la retape du lecteur. Au fond, c'est ça qui me gêne, dans votre billet, aimer Pajak, chacun ses goûts, mais pourquoi pas, en faire un anticonformiste en l'occurrence, je trouve ça fallacieux, c'est exactement le contraire. Sur ses « mon cœur balance » entre ses dessins et l'écriture, je n'ai pas d'opinion, ça le regarde. Je n'y vois pas spécialement de « malédiction » ou de « solitude » d'artiste. Pour revenir au roman, je crois que vous vous trompez, plus personne n'en écrit. Les véritables romanciers se comptent sur les doigts de la main. C'est, en effet, contrairement à l'idée reçue, très difficile.

FS : Le troisième tome du *Manifeste incertain* ne traite pas, naturellement, de l'école de Francfort, ni de la question des Juifs allemands en 1940. Ce n'est pas un livre d'éthique. Pour vous en convaincre, il faudrait que vous le lussiez – comme, au reste, tous les autres ouvrages de Pajak. Mais ce n'est pas votre intention. Avec Pajak vous tenez un objet d'aversion, pour des raisons extra-littéraires qui vous regardent, et sans doute serait-il dommage pour vous qu'il en fût autrement. J'ajoute que je n'ai jamais écrit que Pajak était un anticonformiste. Je n'ai aucun goût pour les anticonformistes. Je dis simplement que l'écrivain-dessinateur Pajak fait bande à part dans le « monde littéraire ». Ce n'est pas une pose de sa part. Il ne fait que raconter des destins et peindre des visages ou des paysages – et cela, depuis plus de vingt ans et non pour satisfaire à une mode. Cela ne m'empêche pas de savoir ce qu'est un roman et de penser, comme vous, que cet art est difficile autant que rare. Mais c'est peut-être aussi pour ces raisons mêmes qu'il arrive que les romans m'ennuient.

Tel Montaigne qui écoutait la messe depuis sa chambre située au-dessus de la petite chapelle de sa tour, c'est au lit que j'ai regardé sur France 2 *Le Jour du Seigneur*. Ayant pris l'émission en cours, je suis tombé sur un documentaire consacré à la possession et à l'exorcisme. Des ecclésiastiques expliquaient que Lucifer ne s'en prenait pas aux créatures de Dieu simplement pour les tourmenter, mais pour les Lui ravir. L'exorcisme n'est pas un combat entre un mortel et le Malin, mais un combat entre Jésus et le Malin dans la chair d'un mortel. Ces images m'ont laissé amer. Jamais le bon Dieu et le Diable ne se sont disputé mon âme. Serait-elle si insignifiante ? Vexé, je me suis rendormi.

Avril 2015

Saut express – et exprès – à Paris, pour l'exposition d'Isabelle Nori à la galerie Sitdown. Beau regard qu'une femme au milieu de l'existence pose sur le temps qui métamorphose en silence Elsa et Giulia, ses filles, et, aussi, elle-même. Isabelle ne montre pas des visages ou des silhouettes mais peint les atmosphères qui s'en dégagent et enveloppent le monde alentour – une chambre, un bord de mer, un parc italien, une salle d'hôpital, l'intérieur d'une voiture. Les Fugitives ne peuvent nier leur air de famille, une discrète mélancolie qui poétise leur être.

Après ces 24 heures à Paris, La Schiffterina et moi avons passé les derniers dix jours d'avril à Grignan pour les besoins du film de Jean-Charles Fitoussi *Cavatine*. Nous étions logés dans un gîte campagnard constitué de petits mas séparés les uns des autres de quelques dizaines de mètres et sans vis-à-vis. Ainsi le matin et le soir, après le tournage qui s'effectuait au château, nous pouvions jouir d'une intimité bien méritée. Malgré l'amabilité des personnes de l'équipe, les techniciens et les acteurs, le travail – avec ces longs moments d'attente, les recommencements de prises, les problèmes de lumière et de son –, finissait par épuiser mes nerfs et mon seuil de tolérance à la vie sociale. Le personnage que j'incarne est présent dans chaque séquence ou presque. Je ne savais jamais un jour à l'avance les textes que j'avais à dire. Jean-Charles les écrivait le matin même et ne me les confiait que quelques minutes avant de tourner. Il m'est impossible de passer du fil ordinaire de la vie à la vie jouée sur un claquement de clap avec l'aisance de l'acteur professionnel. Je cafouille pas mal. Durant des heures, on m'observe à travers un objectif et on me regarde interpréter un rôle. Je ne suis pas assez narcissique, ou peut-être le suis-je trop, pour aimer être au centre d'une attention technique et esthétique. Bizarrement, tous ceux qui supportent mes bafouillis, mes maladresses, mes trous de mémoire, trouvent que je m'en tire bien. La Schiffterina, qui joue aussi dans le film, me dit que ce n'est même pas une composition pour moi tant les propos cyniques que mon personnage, le Dr William Stein, tient sur le monde et les hommes pourraient être les miens.

Pour ce séjour à Grignan, afin de m'imprégner de l'atmosphère du lieu historique, j'avais emporté avec moi mon recueil des *Lettres* de la Marquise de Sévigné. Même s'il a été entièrement reconstruit au XIXe siècle par les soins de Marie Fontaine – à qui, dans le film, la Schiffterina prête ses traits –, le château de Grignan a toute son apparence des XVIe et XVIIe siècles. Il me plaît de savoir que Mme de Sévigné venait y rendre visite à sa fille et, qui sait, en compagnie du couple La Rochefoucauld-Madame de La Fayette. À propos de l'auteur des *Maximes*, la marquise écrit à Mme de Grignan en date du dimanche 17 mars 1680 : « *Quoique cette lettre ne parte que mercredi, je ne puis m'empêcher de la commencer aujourd'hui, pour vous dire que M. de La Rochefoucauld est mort cette nuit.* » Trois jours plus tard, elle lui en envoie une autre qui commence ainsi : « *Il est enfin mercredi. M. de La Rochefoucauld est toujours mort.* »

Fête du travail. Je défilerais bien avec les salariés si j'avais une conscience de classe.

Matin de plein soleil. La Schiffterina a pris le commandement. Nous sortons le cabriolet. Direction : l'Espagne. Une heure plus tard, nous traversons Saint-Jean-de-Luz et Ciboure. En sortant de Socoa, c'est la corniche avec les montagnes en arrière-plan et des petites voiles épinglées sur le bleu tout plat de l'océan. Arrivés à Hendaye, je gare la Mercedes au port de plaisance. Puis nous nous embarquons sur le rafiot qui fait la navette jusqu'à Fontarrabie. La traversée dure cinq minutes. Dépaysement immédiat. Déjeuner en terrasse chez Maïté. Un thon délicieux. Pas sec. Du monde. Impression d'une gente féminine majoritaire. Certaines filles très jolies. D'autres, malheureusement, tatouées sur les bras ou les chevilles. Ça fait sale. Peu de Français. Un bruit très fort de parlotes. Les Espagnols sont de gros producteurs de bavardages joyeux. Après le café, balade sur le promenoir qui longe la Bidassoa. Puis retour à bord du bateau. À nouveau le cabriolet. Cheveux aux vents et coup de soleil sur le nez. Pendant le trajet, la Schiffterina évoque *Boy*, le roman de Christine de Rivoyre, qui se passe à Hendaye en 1937. Elle rappelle un passage qui l'avait marquée. Pendant qu'ils jouent et gambadent sur la plage, les enfants entendent les tirs de canons et les explosions venant d'Irun qui tombe sous l'offensive des rebelles franquistes.

Encore un commandement de la Schiffterina : faire tourner sa Vespa qui a dormi au sous-sol tout l'hiver. À vos ordres, très chère. Quand je glisse la clé dans le contact et appuie sur le démarreur, rien ne se produit. Batterie à plat. Il me faut être *réactif*. Je décide de démonter ladite batterie afin d'aller la faire recharger chez Verges, le garagiste. Mais, problème : où se cache la chose ? Énigme totale. Impossible de la *situer*. Une anxiété, mêlée de honte, me saisit. Au bout d'une demi-heure, je la découvre. Elle se trouve sous la selle, protégée par un cache en plastique. Mon génie a failli être pris en défaut. Sentiment de victoire personnelle sur la barbarie mécanique.

Mon vieux Vespa n'a pas voulu, lui non plus, démarrer. Mais, contrairement à celui de Françoise, il n'est pas automatique. C'est un deux temps à vitesses – comme le scooter que conduit Nanni Moretti au début de *Caro diario*. En cas de batterie faiblarde, je peux le mettre en marche au moyen du kick ou en le poussant en débrayant doucement la seconde. Ce bon Vespa... Je l'ai depuis quinze ans. Il porte beau, tout noir, avec son phare rond et son carénage des sixties. Verges, le concessionnaire, m'a dit que la firme ne fabriquait plus ce modèle. « Personne ne veut plus passer les vitesses de la main gauche... » Mon Vespa est donc démodé. Voilà qui flatte mon snobisme. Je suis un Señor qui roule sur un engin *collector* !

Je n'achète pas *Philosophie magazine*. Je le feuillette en rayon à la petite maison de la presse en bas de chez moi. Dans le dernier numéro, Raphaël Enthoven révèle que Spinoza, auteur qu'il découvrit quand il passa l'agrégation, lui avait *appris à aimer le monde*. Avant ce concours, entre le monde et lui, les rapports étaient-ils tendus ? R. Enthoven reste discret à ce sujet. Ayant également lu, jadis, Spinoza, je ne contesterai pas l'effet bénéfique, toutefois différent, que produisait sur moi son *Éthique démontrée selon le mode des géomètres*. À peine en tournais-je deux ou trois pages que je sombrais dans un sommeil proche du coma dont la vertu était, le temps qu'il durait, non pas de me faire aimer le monde, mais de m'en foutre absolument.

« Spinoza m'a appris à aimer le monde » Je songe encore à ce propos de Raphaël Enthoven. Qu'on aime le pot-au-feu, la lecture, le surf parce que dans chaque cas un bon cuisinier, un professeur de lettres, une belle amie a su éveiller une sensibilité, sans doute. Mais jamais un philosophe n'a eu le talent encore moins la capacité d'apprendre à quiconque à aimer le monde. Aurait-il ces qualités, il ferait de son élève un non-philosophe. La philosophie ne comble pas un besoin d'aimer le monde mais de l'interpréter. Une fois interprété, le monde demeure le monde – y compris pour le philosophe. Non un objet d'amour mais l'intarissable source d'incertitudes et d'inquiétudes. Pas de philosophie sans un monde anxiogène. De tous les animaux, l'humain est le plus apeuré. De tous les humains, le philosophe est le plus angoissé. Dans un système ou un aphorisme, il épanche sa phobie des hommes, de l'histoire, de la nature – de tout. Si l'on désire aimer le monde, pas de moyen plus funeste que de philosopher. Comme en toute recherche d'amour, que ce soit pour en recevoir ou en donner, c'est s'exposer au désarroi et au ridicule. Il est plus sage de se divertir, de s'ébattre, de boire, de se droguer. Le monde, alors, devient plus aimable.

Je n'aime pas le monde. Je ne le déteste pas non plus. Je m'y sens *déplacé*.

Séduction des ruines

De la vie a eu lieu et puis elle s'est évaporée dans le temps laissant derrière elle, à terre, ce qu'elle ne pouvait emporter. Je trouve aussi de la poésie aux esquisses. Autrefois, au musée Bonnat de Bayonne, il y avait une salle consacrée à des toiles inachevées de Rubens. On eût dit que le peintre, tel un dieu velléitaire, s'était mis à douter de l'intérêt de créer – même du beau.

Béatrice sera là dans une heure. J'ai installé la table. Hélas ! Ce n'est pas moi qu'elle vient masser mais la Schiffterina. « Chacun son tour, mon cher ! Il n'y en a pas que pour vos fesses ! »

Mon insuccès littéraire me rappelle le genre d'infortune que je connais depuis longtemps auprès de la gente féminine. Au reste, il s'agit du même phénomène. Les filles aiment danser. Il leur faut un cavalier. Par inhibition, je n'ai jamais su exécuter une figure de rock. Comme les statistiques indiquent que ce sont désormais les femmes qui lisent, je me dis qu'à travers mon écriture les lectrices doivent deviner l'*empoté*.

Je lis deux journaux intimes. *Ultima necat* de Philippe Muray et *Mais la musique soudain s'est tue* de Gabriel Matzneff. Je ne sais ce qui m'a pris d'acheter ces pavés. J'aurais pu m'en passer. Concernant Muray, c'est la curiosité qui m'a décidé. J'en connais les écrits satiriques – complètement dépréciés depuis que Fabrice

Luchini s'est mis en tête d'en faire des lectures publiques. Je me suis dit que j'apprendrais des choses sur l'homme. Je déchante. En fait d'intime, ce journal manque d'anecdotes et déborde de réflexions. C'est très intelligent, très érudit. Mais chez Muray la vie passait après ses lectures et ses œuvres en chantier. C'était un cérébral qui cherchait à se faire un nom dans le milieu de la théorie en se distinguant des vedettes des années soixante-dix – Lacan, Foucault, Barthes, Althusser, Derrida, etc. Ce fut peine perdue, même s'il fricota avec le père Sollers – qui publia, notamment, son *Céline*. Enfin, porté par l'anticonformisme criard d'Elisabeth Lévy, Muray jouit maintenant, *post mortem*, d'une reconnaissance frelatée. Heureusement, Matzneff me désennuie de Muray. Il y avait belle lurette que je n'avais pas ouvert l'un de ses livres. Je ne parle pas de ses romans, tous ratés, mais des tomes de ses *Carnets noirs*. Dans mes *Penseurs tristes*, j'explique pourquoi je n'ai guère d'estime pour le type. Un gros-plein de soi, érotomane, goujat – incapable de donner chair à ses amantes. Ce qui m'a incité à repartir de chez les demoiselles du Bookstore avec *Mais soudain la musique s'est tue*, c'est cette indication donnée par Matzneff : davantage qu'un journal – couvrant les années 2009-2013 –, ce volume est à considérer comme un chant du cygne. La vieillesse et la maladie complotent contre l'impénitent libertin. De menaçantes nuées s'accumulent au-dessus de son crâne à la Yul Brynner. En compulsant le bouquin en librairie, j'y trouvai comme de coutume des remarques littéraires, politiques, gastronomiques, mêlées à des historiettes de galipettes. Le ton, cependant, y a changé. Moins de crâneries. On ne fréquente pas les médecins sans en rabattre. J'ai alors songé à *La diététique de Lord Byron*, au

Suicide chez les Romains, à *Maîtres et Complices*. Je ne pouvais pas bouder l'auteur des ces trois ouvrages qui m'ont marqué et que je recommande aux rares jeunes personnes qui aiment encore la lecture. Matzneff n'est pour moi ni un complice, ni un maître. Nous avons un ancêtre commun : l'oncle Arthur.

Note sur l'islam

Je me souviens d'une nouvelle de Sadegh Hedayat : *La mission islamique dans les pays de l'Occident*. Cela se passe dans un XIVe siècle imaginaire. Une escouade de mollahs, des escrocs de bas étage mais des abrutis de haute volée, décident de convertir le monde chrétien. Si les mécréants refusent, ils prévoient de « *leur couper le nez et les oreilles et les Musulmans se partageront leurs femmes et leurs chameaux* ». « *Le principe de l'Islam est très simple, dit l'un d'eux : ou bien vous allez vous convertir, ou bien on vous zigouille, à moins que vous ne payiez la dîme au Trésor des Musulmans.* » Mais l'opération sera un fiasco. Quand les missionnaires débarquent avec leur caravane à Paris, ville qui a des siècles d'avance sur leur mentalité, ils n'arrivent qu'à circoncire un clochard après lui avoir « *promis deux mille balles* ». Puis, installés en cette terre infidèle à laquelle ils trouvent *in fine* bien des charmes, ces gardiens et combattants de la foi deviennent souteneurs, employés de casino ou garçons de café.

Je ne sais rien de l'Islam. Le Coran, quand j'ai tenté de le lire, m'est tombé des mains. Les points de querelles théologiques qui opposent Sunnites et Chiites me passent au-dessus du crâne, mais la façon commune de ces gens de prier à genoux, le front

au sol et le cul en l'air me paraît ridicule. Chaque fois que je vois un Musulman dans cette posture, je pense à Diogène le Cynique qui dit un jour à un Athénien qu'il surprit ainsi à l'entrée d'un temple : « *Hé, l'ami ! Quelle tenue provocante ! Ne crains-tu pas que ton dieu profite de la situation ?* »
Je ne doute pas que l'Islam soit une religion comme les autres capable de motiver et d'engendrer des carnages. Toutefois si l'on se fie à l'histoire, si l'on remonte au temps des Croisades et même avant, jusqu'à l'époque de Muhammad, tout indique que les conquêtes musulmanes n'ont jamais égalé en nombre de victimes les invasions mongoles, l'envahissement du Mexique et du Pérou par les conquistadores espagnols, les guerres napoléoniennes, l'anéantissement des Juifs planifié par les nazis, les exterminations de populations sous Staline, sous Mao, sous Pol Pot, les expéditions militaires coloniales ou les agressions impérialistes anglaises, belges, françaises, américaines en Asie et en Afrique. Aucun État musulman n'a été accusé de génocide mené au nom de la parole du prophète. Le massacre des Arméniens fut perpétré par une Turquie tournée vers la modernité dont les dirigeants, les Jeunes-Turcs, se nourrissaient du positivisme d'Auguste Comte. Plus tard, Mustapha Kemal, fondateur de la Turquie laïque qui continuera le plan de liquidation des Arméniens, dira de l'Islam qu'il est une « *théologie absurde d'un bédouin immoral, un cadavre putréfié qui empoisonne nos vies* ». Si je ne me trompe, nul crime de guerre, ou contre l'humanité, n'est retenu contre les États islamistes actuels. Leurs ennemies, les puissances démocratiques, ne peuvent tout au plus que les qualifier de *terroristes*, terme si vague que l'on ne sait s'il désigne

leur nature confessionnelle ou politique – terme commode, en tout cas, pour les mettre au ban des nations.

Je trouve réellement de l'agrément à regarder la télévision, en particulier les séries policières françaises. Comme elles sont tournées en province, je découvre les paysages où se déroulent les intrigues. C'est moins instructif qu'un reportage de l'émission *Des racines et des ailes* mais j'en apprends quand même sur la géographie de la France. À vrai dire, ce sont les fliquettes qui m'intéressent. Non les battantes, mais les silencieuses porteuses d'un drame intime. Le chagrin ajoute à leur joliesse. Je suis amoureux. J'aimerais être leur collègue rien que pour entrer dans leur bureau et leur dire : « Un café, capitaine ? ».

Je hais le sport. Gamin, affilié au club des Goélands de Biarritz, j'ai suivi des entraînements de natation sous la férule d'un demeuré aux cheveux taillés en brosse. Avec une dizaine de mioches, je nageais trois fois par semaine à la piscine municipale, de 18 heures à 19 heures, après les cours du lycée. Je ressortais de là exténué et démoralisé. À la pénibilité de l'effort physique exécuté sous les aboiements de l'entraîneur dans le bassin archi-chloré, s'ajoutait, dans les vestiaires, l'épreuve de la vulgarité de mes camarades. Pendant et après la douche de rigueur, au moment de se rhabiller, dans le brouhaha et les effluves d'urine, c'était à celui qui parlerait le plus crûment de la bite et de la fente. Je ne disais rien. Les rires suscités par cette grivoiserie infantile me rendaient mélancolique. Il me semblait que mes congénères se revanchaient de manière pitoyable de la castration qu'ils venaient de subir en obéissant à un ordre de nager sans interruption une heure durant. Certes, je n'aurais pas formulé alors en ces termes mon impression, mais c'était le cas. Plus tard, ayant déserté le club des Goélands, et, cette fois, pendant les cours d'éducation physique du lycée, j'assistai au même phénomène. Plus la séance avait été autoritairement menée par le professeur – qui était toujours une brute –, plus les élèves laissaient libre cours à leur vulgarité dans les vestiaires. Même si ces jeunes types avaient dépassé l'enfance, les histoires de bite et de fente les faisaient encore rire. Pareilles plaisanteries m'attristaient toujours autant, de même que ceux qui les racontaient en se tordant. J'en conclus que mon intuition de départ, quand je nageais aux Goélands, était fondée : un entraînement sportif consiste en une castration. Depuis, je ne puis regarder – en passant – un événement olympique que sous l'angle de cette évidence. Tous ces athlètes qui courent, qui nagent, qui pédalent, qui se disputent un ballon, que sais-je, je les vois et les entends se tordre en parlant, après leur épreuve, dans les vestiaires, de bite et de fente. Aussi, quand la télévision ou la radio vante un exploit sportif, la victoire d'une équipe, la *pulvérisation* d'un record, je ne laisse pas de songer aux nombreuses heures d'un entraînement castrateur auquel il a fallu soumettre les champions pour qu'ils décrochent leur titre de gloire. Lorsque leurs maîtres les font monter sur un podium avec leur coupe ou leur médaille, c'est dans le but que la foule planétaire louange leur castration. Bien sûr, les intéressés l'ignorent puisque le surentraînement que leurs maîtres leur font suivre vise aussi leur lobotomie. En voyant ce spectacle de jubilation absurde d'émasculés et d'écervelés, je ne puis réfréner en moi un sentiment de mépris mêlé de peine. Je repense à tel ou tel mouflet qui, au temps du club des Goélands, ayant gagné une compétition, arborait sous la forme d'un trophée métallique brillant, devant le regard ému de ses parents, sa victoire sur les autres et son humiliation personnelle.

La routine est le seul style de vie à ma portée. Par routine, j'entends un petit répertoire d'activités tranquilles, les unes agréables les autres obligatoires. Le secret, pour leur conférer l'apparence du bonheur, est de rendre les contraintes plaisantes et d'éviter que les plaisirs ne deviennent contraignants – car si l'on a tout à gagner à joindre le plaisir aux premières, l'on perd beaucoup à mettre de l'obligation dans les seconds. En somme, la routine à laquelle je me plie ressemble à cette sagesse petite-bourgeoise prônée par Montaigne visant une existence « sans miracle ni extravagance ». Rien n'égale en charme, à mes yeux, le train paisible de l'amour, de l'écriture, de la lecture et autres agréments, auquel je me laisse aller sans réserve ni vergogne. – Mais alors, me dira-t-on, que faites-vous de l'aventure ? De la lutte ? Hélas ! L'une demande une curiosité et l'autre une vitalité que je n'ai pas. Les chasseurs de nouveaux horizons me rasent. Les rebelles me lassent. La vraie vie est ailleurs ? Qu'ils y aillent. Mon utopie est ici, entre la plage, ma chambre, ma bibliothèque. Et c'est un territoire que je défendrai *manu militari*.

Juillet 2015

Si je devais décrire l'état actuel de mon encéphale, je le comparerais à une grosse méduse échouée sur un rivage. Pour m'alléger de la vague culpabilité de m'adonner à cette flemme, je me remets en mémoire cette remarque de Cioran tirée du *Crépuscule des pensées* : « *Ce qui distingue les philosophes antiques des modernes [...], vient de ce que ceux-ci ont philosophé à leur table de travail, au bureau, mais ceux-là dans des jardins, des marchés ou le long de je ne sais quel bord de mer. Et les antiques, plus paresseux, restaient longtemps allongés, car ils savaient que l'inspiration vient à l'horizontale : ils attendaient ainsi les pensées, que les modernes forcent et provoquent par la lecture, donnant l'impression de n'avoir jamais connu le plaisir de l'irresponsabilité méditative, mais d'avoir organisé leurs idées avec une application d'entrepreneurs.* » L'irresponsabilité méditative, quelle meilleure formule pour décrire ma méthode de travail ? Mes rares idées viennent entre deux assoupissements. Ce sont des songes en attente de café. *Le café de la méduse*... Un titre qui sonne bien pour un prochain recueil d'aphorismes...

À propos de recueil d'aphorismes, je feuillette *La cigarette et le néant* – de Horace Engdahl. Ouvrage inégal. La meilleure maxime que j'adopte sans réserve : « *Le point de départ d'un écrivain doit être celui d'un tenancier de bar : ne pas chercher à améliorer le genre humain.* »

Quand j'aurai refermé ce bréviaire suédois de désabusement, j'ouvrirai l'essai de Bruno Lafourcade : *Sur le suicide*. En le feuilletant, je suis tombé sur ce passage où l'auteur rappelle que Rousseau, dans sa *Nouvelle Héloïse*, défend la mort volontaire. Aux ratiocineurs chrétiens qui « *regardent la vie comme une chose qui n'est pas à nous parce qu'elle nous a été donnée* », Jean-Jacques objecte, en homme de foi, que « *c'est précisément parce qu'elle nous a été donnée que la vie est à nous* ». Un essayiste qui, au détour d'un paragraphe, parvient à me faire apprécier Rousseau a droit à toute mon attention.

À la piscine de l'HP

Les hommes de cinquante ans et plus ayant négligé leur silhouette portent des maillots Vilebrequin. L'élastique de la taille leur pince le gras des hanches et souligne le pneu ventral. Tout le chic vulgaire en provenance de Saint-Tropez.

En espionnant les conversations qui se tiennent autour de mon transat j'en viens à la conclusion que les gens riches ne lisent pas et, en les observant dans la piscine, qu'ils n'ont même pas appris à nager correctement.

Août 2015

J'avais rendez-vous à 16h30 avec le commandant Puyou au Plaza. Tristan nous y rejoindrait peut-être. Réveillé de ma sieste vers 15 heures, j'ai pris une douche et je me suis habillé. Depuis ma loggia où on aperçoit l'océan, j'ai étudié le ciel. Gris mais pas de pluie. Hier la météorologie avait prédit des orages apocalyptiques. Comme d'habitude la catastrophe fut décevante. Malgré les nuages, j'ai décidé de prendre ma Vespa. L'entrée de Biarritz était bouchée par les voitures. Je me suis faufilé et j'ai réussi à trouver une petite place au « parking deux-roues » de la mairie. L'ennui, quand je prends mon vieux scooter, c'est le casque. Je le trimballe à la main, par la sangle, et cela nuit à mon confort de flâneur – à mon élégance aussi. À peine ai-je fait quelques pas que je me suis trouvé dans des courants de piétons. Comme il ne faisait pas beau, les vacanciers traînaient leurs savates en ville. J'étais en avance. J'en ai profité pour faire un tour à la Maison de la Presse qui fait aussi librairie. Ça grouillait de gens flanqués de leurs gosses autour des présentoirs de journaux et de cartes postales. Là encore je me suis faufilé jusqu'aux rayons des livres. Arrivé à destination, j'ai été saisi de découragement. J'ai photographié quelques couvertures. Des romans, des essais, des documents. Tous ces produits étalés m'ont fait fuir. Le commandant m'attendait, attablé à la terrasse qui donne sur l'avenue Edouard VII. Nous avons devisé de l'amour, du couple, des ruptures et, sans doute par association d'idées, du terrorisme. Pendant que nous parlions, passaient seules ou en petits groupes des jolies.

Dans quinze jours elles seront parties. Vendredi nous dînerons à Guéthary avec des amis. La table est déjà réservée. Finalement, Tristan n'est pas venu nous rejoindre. Le commandant a payé les consommations. Je devais lui prêter *Le Piège* d'Emmanuel Bove. J'avais oublié le bouquin chez moi. Je le lui apporterai vendredi.

Hors du lit à 7 h du matin. J'ai un rendez-vous radiophonique à 9h. Un duplex depuis Bayonne avec France Inter. Une émission sur Schopenhauer. Ali Rebeihi a invité des gens que je ne connais pas. Je verrai bien.

Parmi les tenants du *riquiqui*, il y a les « nietzschéens de gauche », c'est-à-dire ceux qui n'assument pas l'aspect qui leur semble déplaisant dans les élucubrations du penseur moustachu et, même, qui vont jusqu'à biffer purement et simplement ses apologies de l'esclavage, de la guerre, de l'inégalité des races, de la supériorité des hommes sur les femmes ou de l'islam sur le judaïsme. Les nietzschéens de gauche sont des nietzschéens honteux. À présent, quand je laisse traîner mes oreilles, j'entends un autre type de *riquiqui* s'exprimer à travers les propos de certains schopenhaueriens tout aussi honteux qui nient quant à eux, ou minimisent, le pessimisme de celui que Cioran appelait le Grand Patron. Ah ! Le pessimisme ! Comme cela est inconvenant quand on professe la philosophie ! Alors on vend du Schopenhauer *universitairement correct*, allégé, fadasse, sans *désespérine*, dilué dans la moraline. Je ne me donnerai pas la peine de démontrer en quoi le pessimisme fait toute la beauté d'un livre tel que *Le Monde comme volonté et comme représentation*. Je n'en citerai que ce passage : « *Quand il n'est pas un verbiage dénué de sens que tiennent nombre de têtes plates, l'optimisme est une opinion impie, une odieuse moquerie en face des ineffables douleurs de l'humanité.* » (Trad. Burdeau, p. 340-341).

L'émission sur Schopenhauer s'est bien passée, n'étaient les propos que les invités tinrent au début visant à minimiser le pessimisme du philosophe. Comme je m'y attendais, j'eus affaire à des schopenhaueriens honteux. J'ai ramené le propos dans l'orthodoxie.

La journée fut très chaude. Je suis resté aux abris en tête à tête avec mon ventilateur. J'ai avancé dans ma lecture des *Diarios* de Uriarte. Je découvre que j'ai un cousin de l'autre côté de la Bidassoa. Je me sens moins seul.

À vrai dire, je n'ai rien fait de ma journée. Lu mollement, écrit sans conviction. En revanche, dormi avec détermination, et plusieurs fois dans la journée, comme un chat. Au reste, je me fais l'effet de devenir un chat de plus en plus casanier et caractériel. Je répugne à sortir de mon domaine. Je change de lieu dans l'appartement pour y faire la sieste. J'alterne entre le lit, la méridienne de la loggia, le large fauteuil de la terrasse. Les canapés du salon ne m'attirent pas – le cuir sans doute, trop froid pour moi.

Le soir, je suis sorti. Invité à dîner chez les Durand qui ont loué un bel et vaste appartement dans le centre de Biarritz. Des pipoles, comme on dit, étaient là. Il y avait surtout des jolies. Les jolies, même quand elles ne quittent pas des yeux leur téléphone portable, égayent les matous fatigués.

Au XVIIIe siècle, pour être invité dans le monde, il fallait avoir la réputation d'une personne de « bonne compagnie », passer pour un esprit cultivé mais ennemi de toute pédanterie, savoir plaisanter de tout mais avec tact, ne jamais se plaindre sauf à se prendre en dérision. La mauvaise humeur était proscrite, ainsi que l'esprit querelleur ou le ton vindicatif. Les hommes ne devaient pas perdre de vue qu'ils évoluaient sous le regard des femmes, êtres crédités de sensibilité et de pudeur, et ces dernières avaient obligation d'éviter toute coquetterie marquée. On pouvait être vache, entreprenant, cabotin, mais avec mesure, cette manière qui donnait un lustre aux autres manières. Tout cela pour dire que le XVIIIe siècle a été décapité à la Révolution – et, aussi, que l'atrabilaire que je suis n'eût jamais été reçu dans le monde. Pour reprendre un mot de Chamfort, je n'aurais pas accepté un instant de me laisser enseigner des choses que je sais par des gens qui les ignorent.

Journée qui a commencé par une métamorphose : le chat s'est fait hamster. Je suis allé pédaler une heure à la salle de sport de l'HP. Sur le petit écran de télévision de la machine elliptique j'ai regardé un documentaire sur Arte relatant l'histoire des rapports entre Juifs et Musulmans depuis l'origine de l'Islam. Tout le temps que j'imitais le mouvement du skieur de fond, je me confortais dans l'idée que la grande erreur des rabbins et des moines de La Mecque et de Médine fut de former théologiquement Mahomet, un type qui s'est pris, comme Jésus, pour le nouvel envoyé de Dieu mais qui, contrairement à son prédécesseur, nourrissait d'autres projets que de se laisser sacrifier comme un agneau. Comme cette séance d'exercice cardiologique m'avait épuisé, je me suis reposé tout l'après-midi mais dans mon lit, laissant le reste de l'humanité en dehors de mes songes. Le soir, dîner à Guéthary avec les *vitelloni* du Plaza et leurs charmantes amies. Ils ont bu beaucoup de vin, moi non plus.

Trois jours ont passé depuis ma dernière page, trois jours durant lesquels je n'ai rien noté de particulier. D'abord quotidien, ce journal va devenir hebdomadaire. Comme j'avais prévu de ne le tenir qu'un mois, à ce rythme il est pour ainsi dire terminé.

Pour m'inspirer d'éventuelles remarques profondes sur le monde, je consulte la presse en ligne. Je prends note qu'il y a bien ici et là des tueries, des cataclysmes, des tragédies personnelles, mais, dussé-je passer pour un monstre, rien de tout cela ne m'intéresse. À la rigueur, je dirai comme mon cher Lucrèce :

Suave mari magno turbantibus aequora ventis, etc.

À la réflexion, il me faut consigner ici une nouvelle lubie. J'ai fait plus ample connaissance avec les arbres, les plantes et les fleurs de mon parc. Tout ce petit monde souffrait depuis deux semaines d'une chaleur sans pluie. Ce ne sont pas tant les peupliers, les sycomores, les albizias, les magnolias, les lagerstroémias, les eucaplyptus, encore moins les platanes et les tamaris qui semblaient agoniser, que les superbes massifs d'hortensias et d'agapanthes. Ne pouvant demeurer indifférent et inactif devant leur détresse, je me suis porté à leur secours en les arrosant matin et soir – non sans avoir au préalable mis en place une infrastructure de tuyaux. Grâce à mon intervention providentielle appuyée par quelques orages, le parc verdoie et fleurit et c'est un grand plaisir de le contempler depuis la grande banquette de ma terrasse sud. Toutefois, je me connais. Si, cette année, je suis venu à la rescousse de tous ces végétaux malheureux, cela représente un certain travail et, par conséquent, il n'est pas sûr que je recommencerai l'été prochain. Il va falloir que j'étudie la solution d'un grand remplacement qui consisterait à déraciner gazon, arbres et fleurs naturels, pour mettre là même où ils se trouvent des imitations artificielles résistant à tout type de climat. Il n'y aurait pas de problème d'entretien et le spectacle serait tout aussi charmant. Rien n'est plus beau que le faux.

Invité – encore ! – par France Inter à donner mon point de vue de philosophe sur la procrastination. Philosophe, moi… Dès que l'on me dit que j'en suis un, j'ai envie de répondre en parodiant Bertrand Morane/Charles Denner dans *L'Homme qui aimait les femmes* quand il parle des dragueurs : « *Je déteste les philosophes, je trouve ça lamentable.* » C'est donc en ma qualité de procrastinateur que je me suis exprimé, rappelant que je me coiffais de deux maîtres : Bartleby (personnage que les gens dans le studio, une psychologue et deux journalistes ne connaissaient pas) et Gaston Lagaffe. Je ne sais plus très bien quel fut le reste de mon propos mais j'ai senti que nul ne le comprenait. C'était parfait.

Yan, le fils cadet de la Schiffterina, a débarqué de New-York où il travaille dans l'investissement privé. Il vient passer quelques jours de vacances. Il me demande un conseil de lecture. « J'ai besoin d'un remontant intellectuel après des mois d'immersion dans les eaux glacées du calcul financier », me dit-il. Je lui prête *La Panne* de Friedrich Dürrenmatt. Roman court et effrayant. Commentaire de Yan quand il me rend le bouquin : « Lorsque je suis à mon bureau, mon sort n'est pas si différent de celui d'Alfredo Traps. »

14 août. Dîner le soir avec Fleur et Kris, amis parisiens charmants arrivés dans la capitale de l'ennui à bord d'un magnifique cabriolet Ford Mustang bleu foncé.

Journée passée aux abris, chez moi. Quand l'ami Nori, toujours sur la brèche, l'ennemi même de la procrastination, m'a appelé pour faire des photos de mézigue à l'HP, je lui ai dit que l'art pouvait attendre, que nous pouvions remettre cette séance à un autre jour, que pour l'heure j'étais lové dans les coussins de la banquette de ma terrasse et qu'ils ne voulaient pas me lâcher. Août à Biarritz... C'est le mois des morts-vivants. Traverser une foule de zombies mal polis en nus-pieds et ticheurtes, voilà une aventure trop risquée pour moi.

Soirée du 15 août. Grand feu d'artifice. Aucun intérêt. Soirée douce et séance explosive avec ma belle aimée.

Réveillé aux aurores. Je me suis replongé dans le dernier chapitre de mon livre*. Arrivé à un point en fin de phrase, j'ai éprouvé un étrange sentiment. Il me semblait que je n'avais pas terminé

---

* *On ne meurt pas de chagrin*, Flammarion, 2016.

mais que je ne pouvais aller plus loin. Je vais laisser reposer le tout et le relirai dans quelques jours. Se relire, disait Cioran, c'est la punition d'avoir écrit.

Septembre 2015

Je viens donc de terminer l'écriture d'un livre dans lequel j'évoque longuement un fait divers vieux de cinquante-huit ans et qui, à l'époque, ne défraya aucune chronique : ma venue au monde. Le mois d'août est terminé lui aussi. Le vent de sud-est de ce matin s'attaque aux feuilles des peupliers et des érables du parc. Ces jeunes arbres vont bientôt ressembler à de vieux balais. Je me console en pensant à l'arrivée de l'été indien. Désertées par les vacanciers, les plages redeviendront des promenoirs de sable. Je ne sais pas pourquoi je m'abandonne à cette mélancolie. Je ferais mieux de crier ma haine de la rentrée. Des rentrées. La rentrée scolaire. En comptant celles de ma scolarité et de mes années de professorat, j'en ai fait plus de cinquante. Comment ai-je pu tenir le coup ? Celle qui s'annonce est de trop. Elle me poussera avant terme vers la sortie. La rentrée littéraire. Attention ! Les romanciers rentrent ! Ils me fatiguent, les romanciers, autant que les enseignants, les élèves et leurs parents. Ah ! Leur œuvre ! Elle pue la mort de l'été, leur œuvre. La rentrée sociale. Tous les ans les syndicats promettent une rentrée de lutte. Comme si l'automne allait être un printemps. Une rentrée de lutte ? Ils s'écrasent tous. Les syndicats n'existent que pour garantir la paix sociale. Bureaucraties de la passivité et de l'impuissance. Je vais dans l'heure aller manifester contre les enseignants, les élèves, leurs inqualifiables parents, les *gendelettres*, les syndicalistes, en me promenant, pieds nus, sur le rivage de Biarritz à Bidart. En ce dimanche, le vieux monde peut trembler sur sa base.

Pour orner la couverture de mon prochain livre, mon éditrice se demande s'il ne serait pas opportun d'y apposer une photographie de moi, enfant. Je ne sais pas si l'idée est bonne. En attendant, j'ai remonté de la cave une cantine pleine d'albums tenus par ma mère, au fil des ans, jusqu'à sa mort. Si je n'ai rien trouvé d'intéressant me concernant, j'ai déniché en revanche cette photographie d'elle, prise en 1935 par le jeune homme qui deviendra mon père. On voit qu'elle a passé un de ses costumes. Ma mère me disait qu'elle aimait s'habiller en homme. Elle affichait ainsi une audace vestimentaire que n'avaient pas ses amies et, surtout, prenait plaisir à scandaliser ses futurs beaux-parents, catholiques puritains. La photographie est prise de loin. Mais on aperçoit sa chevelure noire, son nez fort, sa taille élancée, sa manière élégante de tenir une cigarette. Un dandysme androgyne. Ma mère, devenue veuve, me montrait souvent les images de sa jeunesse. Elle me formait à la nostalgie. Là, sur cette photographie, quel horizon scrute-t-elle ? La guerre qui approche ? Les longues années africaines ? Ma naissance ? La mort de mon père ? Sa propre vieillesse ? La nostalgie est aussi la conscience d'un futur sans avenir.

Je n'ai rien écrit depuis plusieurs jours. C'est moins grave que de n'avoir rien à lire. Par chance, ce n'est pas le cas. Je lis des journaux. Non pas la presse, mais les journaux d'Iñaki Uriarte. J'en attaque ce jour le troisième tome. Depuis le mois de juillet, je me plais dans la compagnie de ce gentilhomme. Comme je le lui ai écrit, il regarde son entourage, le monde, la vie, avec une ironie flegmatique que je lui envie. Pas la moindre trace de *mauvais poil* sous sa plume, ou, alors, traité aussitôt en notes humoristiques.

Celle-ci, par exemple : « *Ce matin, je pensai que seul un incendie, ou une guerre, ou une crise cardiaque, aurait pu m'extirper du vide désespérant où je me trouvais. Il y a des journées bouchées. Il y a des jours, des heures, où je mérite la sentence : "À casser des pierres, voilà à quoi je te condamnerai". J'ai opté pour la solution la plus commode : un tranquillisant. Jamais je ne me lasserai d'admirer la puissance des cachets. Le* tétrapharmakôn *d'Épicure n'est que de l'eau bénite en comparaison de ce que peut réellement pour moi Antonio, mon pharmacien.* » À propos de certains livres, Uriarte note : « *Parfois je prolonge fort tard la lecture d'un ouvrage pour le finir et ne pas avoir à le reprendre un jour de plus.* » Je redoute quant à moi d'arriver à la dernière page des essais de ce Montaigne basco-new-yorkais.

« Quitte à ne pas être politiquement correct » Illettré ou lettré, le beauf use à l'envi de cette expression. Il répète aussi : « En France, il est interdit de penser que… », ou encore : « Dès que vous dites que… alors on vous criminalise. » À l'entendre, le beauf serait le mal-pensant. Bien que majoritaire par ses préjugés moraux, ses fantasmes identitaires, ses réflexes xénophobes, le beauf appartiendrait désormais à une minorité muselée. Éric Zemmour et Michel Onfray seraient à la France ce que Patocka et Rushdie étaient respectivement à la Tchécoslovaquie soviétique et à l'Iran de Khomeiny : des dissidents persécutés. Le beauf, bien sûr, n'est qu'un imbécile bon à botter le cul. Plus philosophiquement, mais sans qu'il fût plus indulgent, Pascal dirait qu'on a affaire à un esprit boiteux qui tord le sens des mots et, par là, bavasse à tort et à travers en toute bonne conscience. « *D'où vient qu'un boiteux ne nous irrite pas et qu'un esprit boiteux nous irrite ?*, se demande-t-il. *À cause qu'un boiteux reconnaît que nous allons droit et qu'un esprit boiteux dit que c'est nous qui boitons. Sans cela nous en aurions pitié et non colère.* »

Octobre 2015

Hors-service depuis le 7 septembre dernier. Impossible de remettre les pieds au bagne. 2015-2016 est l'année de trop. Elle m'apparaît comme une peine de placard à purger avant ma remise en liberté. En arrêt jusqu'au 7 novembre. Mon toubib demandera un prolongement. Je verrai bien.

Raphaël a eu vingt-deux ans le 5. Cheveux noirs, yeux noirs, sourire parfait. Quel beau garçon !

Hier, dimanche, en fin d'après-midi, rendez-vous, la Schiffterina et moi, avec Sibylle et Démocrite à la terrasse extérieure de l'HP. Temps gris. Léger vent du sud grâce auquel les montagnes lointaines et les rochers de la Grande Plage offraient un contour très précis. Sibylle et Démocrite, un couple de philosophes, amateurs de balades et de sieste. Discussion légère. Nos amis ont évoqué leur voyage estival au Néo-Mexique et leur rencontre avec Clément Rosset dans son petit village au-dessus de la mer. Le logicien du pire leur a confié sa recette du *gin tonic*, qui consiste à verser le gin à ras-bord dans un verre et à laisser le tonic à côté, sur la table.

Ces temps-ci, je me réveille à cause d'un rêve récurrent de désorientation. Je me trouve dans une ville que je ne parviens pas à reconnaître mais qui ne m'est pas non plus étrangère. Je suis censé la traverser sans encombre quand, soudain, je me rends compte qu'en réalité je marche dans des rues que je vois pour la première fois, que je ne suis même pas en France, que je suis égaré en un pays non identifiable. Et puis jaillit une certitude : on m'a condamné à l'exil. Mais de quoi suis-je coupable ? Je ne vois que le péché d'écrire qui puisse me ronger autant et causer ce rêve prémonitoire de purgatoire.

Pour me remercier d'avoir signalé son article sur Bukowski, Louis Watt-Owen, *alias* Dominique Poncet, auteur des *Pentes fabuleuses*, m'a envoyé les *Essais* de Montaigne en un seul volume ayant appartenu à Cioran quand il habitait Dieppe. Dans le colis ce petit mot : « Le voilà à sa place, désormais » et, aussi, en prime, quelques pages photocopiées du *Journal d'un quartier de bœuf* de Roger Rudigoz. Magnifique cadeau.

Depuis que j'ai rendu mon bouquin à Flammarion (il paraîtra en janvier 2016), je me sens désœuvré. Aussi ai-je trouvé une activité : me laisser pousser la barbe. Me voilà avec une nouvelle tête. Je n'arrive pas à savoir si pareil changement me flatte ou non. Une certitude : ce poil blanc sur les joues ne me rajeunit pas. Quand je me regarde dans un miroir, je songe à l'aimable remarque de Schopenhauer selon quoi les barbus ressemblent à des singes ou à des hominidés arborant leurs génitoires sur le visage.

Béatrice la magicienne est venue chasser de ma carcasse les « mauvaises énergies ».

Samedi, un grand Pays basque. Quand il fait beau, j'ai tendance à être indulgent à l'égard de la vie. Belle marche le matin sur la promenade le long des plages. L'après-midi, sieste. Le soir, j'ai invité la Schiffterina à dîner à Bidart, à la Plancha, afin de profiter du couchant. Belles vagues, bons surfeurs. Un spectacle que nous avons contemplé à travers nos lunettes noires. Quand le soleil prit congé, on nous apporta un délicieux poisson grillé servi avec un vin rosé très frais. Après cela, séance – comme disait Léautaud.

J'ai toujours eu le plus grand mépris pour les types qui parlent de sexe, comme on dit, que ce soit en général ou pour évoquer leurs propres ébats ou, pire encore, leurs prouesses. Je me rappelle la fois où je rencontrai dans la rue un ancien camarade de l'école primaire, devenu un notable biarrot, qui, alors que nous nous étions perdus de vue depuis des années, s'empressa de me donner des nouvelles de sa santé libidinale. Je l'entends me dire tout fier qu'il coïtait avec sa femme plusieurs fois par nuit et qu'il prenait soin, à chaque coup de rein, de faire une encoche sur le montant en bois de la tête de lit. Je me rappelle aussi qu'il me racontait cela en tenant en laisse un caniche vieux et crachotant, visiblement pressé de pissarader et de déféquer dans le caniveau. Je ne suis pas bégueule. Simplement, je trouve ce genre de vantardise génitale à la fois vulgaire et ridicule – raison pourquoi rien ne m'accable plus quand c'est une jeune fille, une jeune femme ou une femme, qui s'égare dans un tel registre que, naïvement peut-être, je tiens pour masculin. Même dans le journal d'un écrivain pareil étalage me dérange, à moins qu'il y ait de la drôlerie et de l'autodérision. Est-ce le cas avec Anaïs Nin que je n'ai pas lue ? Ça l'est avec Léautaud qui, avec bonheur, a le talent de relever le scabreux de tournures précieuses. Quand il veut juste signaler qu'il a passé un bon moment avec le Fléau ou Marie, il se contente d'un simple mot : « Séance ». Quant à moi, si j'y songe, j'utiliserai un terme emprunté au surf : « Session ».

Sieste comateuse de deux heures et demie. En me réveillant, je ne savais plus si c'était le matin ou l'après-midi. J'ai recouvré mes esprits après avoir dégluti un grand verre de Coca. Dehors le temps était très nuageux. J'ai enfilé ma battle-dress et je suis descendu, à pied, à la Chambre d'Amour. La mer était haute, lisse. Pas un seul surfeur. Les bistrots fermés, chaises empilées et parasols rangés. Une atmosphère d'hivernage comme j'en ai connu autrefois à Dakar. Il ne manquait plus que la pluie. Elle arriva. D'abord des grosses gouttes espacées, puis une averse. Je rentrai chez moi trempé. Une petite aventure !

Dimanche, la Schiffterina reçoit un « SMS » de Khadija, notre femme de ménage, qui lui fait part de sa décision de démissionner. Motif : « Votre mari est toujours dévêtu à la maison et cela m'empêche de travailler. » Réponse de la Schiffterina : « Je vous comprends. Ça me fait le même effet. »

Le soir même où l'on montrait sur toutes chaînes les « violences » perpétrées par des salariés d'Air France contre des cadres de leur direction, j'ai regardé à la télévision le film de Stéphane Brizé, *La Loi du marché*. Œuvre sobre et forte qu'il m'était impossible de ne pas mettre en relation avec les images des incidents d'Air France. Quand je vois ce genre de film et pareilles images d'actualité, l'anarchiste en moi, tendance Jules Bonnot, se réveille. Il y a des balles qui se perdent.

En Israël, des Palestiniens, des gamins, dégainent les poignards. Netanyahou devrait méditer cette maxime de Montaigne : « *L'une des plus grandes sagesses en l'art militaire, c'est de ne pas pousser son ennemi au désespoir.* »

Une étude officielle indique que les Français dits « de souche » manquent de plus en plus de vocabulaire. Ils utiliseraient entre deux cents et cinq cents mots. Le borborygme, l'onomatopée et le grognement, attendent leurs stylistes.

À propos de mots. Je corrige les épreuves de mon livre. J'en supprime de longs passages. Je taille dans le gras. Pour un peu, j'effacerais tout. Le récit de mes gesticulations terrestres, qui peut-il intéresser ? Je ne suis pas Augustin, Montaigne, Sartre. Je ne peux même pas trompeter comme Rousseau, au début de ses confessions : « *Je forme une entreprise qui n'eut jamais d'exemple, et dont l'exécution n'aura point d'imitateur.* » J'ai écrit ces pages par vanité. Je le regrette par amour-propre.

À propos de *On ne meurt pas de chagrin.* Je vais proposer à mon éditeur d'apposer un bandeau sur la couverture avec cette accroche : Une autobiographie inspirée de faits réels.

Demain, j'aurai cinquante-neuf ans. Je relis *Âge*, ce poème de Jérôme Leroy :

Ne rêve pas
Tu arrives à l'âge
Où tu vois dans le regard de l'autre
Sa crainte de ta propre mort
Plus que de la sienne

L'Homme irrationnel, le dernier film de Woody Allen, aurait gagné en qualité si Joaquim Phoenix n'y jouait pas. Il m'était difficile de le trouver crédible en professeur de philosophie bukowskien, auteur de traités existentialistes, amateur de roulette russe. Je crois que j'ai été gêné par sa bedaine à la Homer Simpson. Cela n'empêche pas son personnage de plaire aux femmes. Le film montre combien le désir féminin passe outre au physique contrefait d'un homme ou à sa vieillesse tant que ce dernier jouit d'une aura phallique – un pouvoir, une influence, une renommée. Un cheminot, beau gosse, sportif, marrant, a moins de puissance de séduction auprès d'une petite littéraire qu'un écrivain déclinant. Cela dit, tel n'est pas le sujet de *L'Homme irrationnel* qui se regarde comme une aimable fable de philosophie morale entre *Les Caves du Vatican* et *Crime et Châtiment*. Un film pour petites littéraires, en somme.

« *Le romanesque, c'est la vie projetée dans une forme écrite et je suis épris de romanesque* », écrit Emmanuel Carnevali dans *Le Premier dieu*, son autobiographie. Cette phrase dit à merveille pourquoi la littérature est supérieure à la philosophie. Les philosophes ne projettent pas la vie, encore moins la leur, dans leurs livres. Ils n'y fourrent que des idées, des analyses, des paraboles. En revanche les penseurs sont les secrétaires de leurs sensations, comme disait Cioran. *Les Pensées* de Pascal se lisent comme les fragments du roman d'un homme sans Dieu.

L'été indien est fini. L'automne prend ses quartiers. Il va falloir slalomer entre les virus.

En principe, la version allemande de *Sur le blabla et le chichi des philosophes*, due à Corinna Popp, est parue il y deux jours outre-Rhin. Je suis toujours surpris quand j'apprends qu'un de mes bouquins intéresse un pays étranger – surtout s'il s'agit, comme ce fut le cas pour *Philosophie sentimentale*, de la Slovaquie, du Koweit et de la Corée du Sud. J'en suis flatté, bien sûr, mais j'ai hâte de rencontrer d'autres lecteurs dans les républiques populaires du Donbass, les provinces du Califat et en Corée du Nord. Dans ces douces régions du monde, le nihilisme balnéaire ferait également un tabac.

Avant que ma nouvelle bibliothèque ne me soit livrée et installée dans la salle de séjour, je devrais vider de ses livres celle qui s'y trouve et en répartir les éléments dans les autres pièces. La tâche me semble insurmontable. Manipuler tous ces ouvrages de philosophie qui ont pris la poussière, les déplacer pour faire place aux romans qui attendent d'être remontés de la cave... Cela va me prendre un temps et une énergie dont je suis de plus en plus avare. Ce serait une occasion de faire le tri. Mais trier c'est aussi du travail. Comme de coutume, je vais faire la besogne mais à ma manière. Je commencerai par être méthodique puis, la flemme venant, complètement bordélique. D'abord méthodique et très vite bordélique. Cela pourrait être la devise de toute ma vie.

En attendant, je me suis rasé la barbe. Sans conteste, cela me rajeunit. Pour un type fauché qui entame sa soixantième année, voilà un lifting efficace et bon marché.

Tony Blair avoue enfin que la guerre en Irak menée par Bush Jr. à qui il s'était allié était une erreur. Il reconnaît que le prétexte, la menace que Saddam faisait peser sur le monde avec des armes de destruction massive, n'a jamais été qu'un mensonge. Colin Powell avait déjà confessé la même forfaiture. On n'attend plus que le *mea culpa* de Bush Jr. Les aveux de son caniche Blair me renvoient à l'époque précédant la guerre en Irak où des types que je connaissais, des écrivains et des professionnels de la culture parisiens, avaient gobé tout cru le bobard des armes de destruction massive. À l'époque, ces cons n'avaient pas peur de l'Islam mais d'un despote complètement désarmé dont le pays, sous blocus, était à genoux. Si ces cons n'avaient pas peur de l'Islam, c'était justement grâce au despote dont ils voulaient la peau et qui zigouillait massivement les barbus. En zigouillant Saddam, Bush Jr. et Blair ont libéré les barbus qui, ironie de l'histoire, sont désormais encadrés par les anciens officiers sunnites de l'armée irakienne. À l'époque, donc, je ne me privais pas de dire à ces intellectuels parisiens que c'étaient des cons. Mais, à coup sûr, ils me soutiendraient que bien que les faits leur aient donné tort sur tout, ils avaient raison d'être cons. Le con avance toujours de bonnes raisons de l'être en toute circonstance.

Depuis quelque temps, quand il m'arrive de dormir, je rêve que je laisse tomber de mes mains des objets légers – mon rasoir, un journal, une pièce de monnaie – mais que, dès que je les ramasse ils pèsent très lourd. Toujours dans mon rêve, je me bats alors avec l'énigme de savoir comment pareils objets peuvent ainsi s'alourdir dès qu'ils touchent le sol. On les dirait aimantés, attirés par le plancher. Le plus angoissant se produit quand je prends quelqu'un à témoin. Devant lui, le phénomène disparaît. Tout est normal. Je vois alors qu'on m'a pris pour un pauvre type. Je me réveille. Le rêve me poursuit toute la journée et j'ai le sentiment que les commerçants de mon quartier me regardent d'un air apitoyé.

Hier soir, dîner avec Guy et Isabelle Forget. Voyant que j'étais peu tonique, Isabelle a cherché toute la soirée à me convaincre de m'inscrire au cours de danses latino-américaines dont elle ne rate pas une séance. J'y connaîtrais des gens *sympas* et prendrais du plaisir à *échanger*. Comme, paraît-il, j'ai un *look hispanique*, elle me verrait très bien prendre l'option tango. « J'aurais tellement aimé faire des claquettes », lui dis-je pour esquiver son invite. « Justement, sur les allées Marines, il y a une école de *jazz dance*. Les claquettes c'est fait pour toi ! Ça te reconnectera aux énergies ! » Le sceptique fatigué que je suis l'écoutait consterné. Au fond de moi, je savais qu'elle avait raison.

Lundi, un verre à l'HP en compagnie du Commandant Puyou. Parfait honnête homme, comme on disait au XVIIe siècle, le Commandant lit tous les philosophes contemporains de Sloterdijk à Ogien en passant par Michéa. Il connaît bien, aussi, les économistes de gauche tels Lordon ou Larrouturou. J'admire sa curiosité intellectuelle comme j'envie son énergie physique de surfeur de stand-up. Je n'ai ni l'une ni l'autre. Je rechigne à découvrir des philosophes ou des intellectuels et je surfe de moins en moins. Cet été, j'ai dû me mettre à l'eau cinq ou six fois pour prendre des vagues que des débutants auraient snobées. Je vois bien dans le regard du commandant, âgé de quinze ans de moins que moi, une sorte d'apitoiement quand je lui dis qu'en guise de sport je me contente de marcher le long des plages – même pas en montagne. Il voit en moi un préretraité apathique.

Les types qui devaient me livrer la bibliothèque n'ont pas été fichus de la passer dans l'escalier. Trop lourde et encombrante pour eux deux. Ils doivent revenir la semaine prochaine avec des renforts. Résultat de l'opération : les cartons de livres envahissent les pièces. Désolant spectacle d'une pensée au plancher et entassée en cageots.

Retour de l'été indien. Vent du sud. Je suis allongé sur le canapé de la terrasse, face au parc. Le soleil est agressif. J'ai baissé le store. Beau mois d'octobre qui se prend pour septembre – lequel se prenait pour août. Les feuilles des peupliers et des sycomores s'accrochent. Celles qui sont tombées se recroquevillent et forment des taches brunes sur le gazon. En contemplant ce tableau, je me demande ce que je vais faire de la journée qui m'attend. Je crois que je resterai là, dans la même position, jusqu'au soir qui, désormais, tombe tôt. Je lirai mollement un livre tout en levant les yeux de temps à autre pour regarder tomber les feuilles des arbres. Pourquoi la journée m'attendrait-elle ? En quoi lui serais-je utile ? Qu'elle ne compte pas sur moi.

arbres. Pourquoi la journée m'attendrait-elle ? En quoi lui serais-je utile ? Qu'elle ne compte pas sur moi.

J'avais réservé pour la nuit de dimanche – 1er novembre – une chambre à l'Hotel de Londres y de Inglaterra à Saint-Sébastien avec vue sur la mer. Bien m'en a pris. Nous sommes arrivés, ma belle aimée et moi, vers 13h. Le soleil régnait sur la Concha. Une température printanière. Promenades vers l'aquarium puis à l'opposé vers le Monte Igueldo. Déjeuner et dîner dans la vieille ville dans des restaurants où allaient nos parents : La Casa Alcalde et La Cepa. Le soir, dans la chambre, session très active fenêtre toute ouverte d'où venait la douceur nocturne. Vingt-quatre heures idylliques.

Les prix littéraires ont été attribués. Je lis ici et là des pages consacrées aux titres primés. Pas un seul ne me séduit. En revanche, j'attends avec impatience l'arrivée de *Semelles de vent*, un roman de Jacques d'Arribehaude, écrivain oublié et vivement recommandé par l'ami Louis Watt-Owen. Je flaire un bon compagnon d'insomnie.

L'avantage de mes insomnies est de pouvoir assister au lever du jour avant l'agitation qui saisit mes contemporains. Debout avant les éboueurs, j'ouvre la porte-fenêtre du bureau et, dans la fraîcheur, je me mets à écrire au son des premiers chants d'oiseaux. Ce matin, l'aube promet un beau spectacle. Déjà, vers 6h, un rouge pâle colore les cirrus marins. Les conditions météorologiques seront donc optimales quand j'irai voir tout à l'heure, à 10h, dans le quartier de la Villa Chagrin, mon psychiatre, le Dr N.

La « Villa Chagrin », c'est ainsi qu'à Bayonne on appelle la prison située au fin fond du boulevard Alsace-Lorraine. L'endroit peut accueillir un maximum de soixante-dix personnes mais il en renferme plus du double depuis des décennies. Le peintre Bram Van Velde y fut coffré plusieurs semaines dans les années 1930 pour délit de sale gueule et absence de documents d'identité. Peu de temps après cet épisode, il rencontrera Samuel Beckett.

Dans la salle d'attente du Dr N., je feuillette un *Figaro Magazine* datant d'octobre 2012. Je tombe sur la chronique littéraire de Frédéric Beigbeder. Il regrette que dans *L'Herbe des nuits* Patrick Modiano n'ait pas, pour une fois, creusé sa veine autobiographique. Ce roman semble étranger à son auteur. On ne s'éloigne pas impunément d'un genre littéraire qui vous singularise. « *Le passage à la confession est un aller simple* » dit Beigbeder. Justement, je voulais que sous le titre de mon livre qui paraîtra en janvier soit écrit le mot « confession » et non le mot « récit ». Pour des raisons éditoriales ce sera finalement « récit ». « *Les mots vous lâchent*, rappelait Beckett, *il est des moments où même eux vous lâchent* ». Il faut s'y résigner.

L'autre jour un néo-anthropologue raillait l'idée d'une différence entre humanité et animalité. L'homme ne serait pas seul à fabriquer des outils. Le singe le ferait aussi. Entendant cela, je me suis demandé dans quelle catégorie le savant me rangerait. Je n'ai jamais créé le moindre outil et je ne sais pas me servir d'un tournevis. Que mon voisin qui bricole tout le temps soit plus proche que moi du chimpanzé est une pensée qui me désole. Je ne suis qu'un singe raté – un cas perdu pour la science.

L'ami Tristan m'envoie ce message via son téléphone portable : « *Alors que René Girard vient de mourir, on nous ressort Comte-Sponville plus plat et insignifiant que jamais. Au fond, il faut aimer sa femme, élever ses enfants et bien faire son métier. C'est la valeur de la vie pensée par un matérialiste soucieux du bien dans la cité, de morale et de spiritualité. Désespérément.* » J'avais lu, jadis, *Mensonge romantique et vérité romanesque* de même que *La Violence et le sacré*. À mesure que je lisais le premier ouvrage, j'avais le sentiment que Girard ne disait rien de plus que Hobbes et Freud. Tous deux considèrent que les humains sont violents entre eux, le premier parce qu'ils désirent les *mêmes* choses – le pouvoir, les richesses, la gloire –, le second parce qu'ils désirent être désirés par une même figure phallique – ayant, là encore, un rapport symbolique ou réel avec le pouvoir, la richesse, la gloire. Chez Hobbes comme chez Freud, le désir est toujours triangulaire et mimétique. On ne désire pas une chose parce qu'on en serait seulement privé, mais parce qu'un autre la désire semblablement. Les humains se perçoivent comme des rivaux réels ou potentiels et nourrissent de fait une haine viscérale les uns à l'égard des autres. Leur vie, c'est la guerre. L'homme est un animal polémique.

Dimanche, il a fait très beau. J'ai traîné ma carcasse dans le quartier de mon enfance, du côté de la Côte des Basques. J'ai habité un des plus sublimes lieux de la planète. Je n'ai guère voyagé, mais La Schiffterina qui, dans une première vie, a vécu sur des spots de surf prestigieux, me le confirme. Selon elle, on retrouverait ici, au Pays basque, par temps chaud et selon les variations maritimes, des atmosphères californiennes, hawaïennes, australiennes. En remontant du Port-Vieux vers l'élégante villa Marthe-Marie où j'habitais, j'ai vu au sortir du tournant de l'avenue de la Perspective une jeune fille blonde, assise sur la rambarde du trottoir, penchée sur un gros livre. Je n'ai pu m'empêcher de la photographier. Je lui ai d'abord demandé la permission. J'ai improvisé un petit baratin. « Une si jolie lectrice devant un tel panorama, voilà un spectacle inattendu ». Miss Narcisse n'a pas dit non. Assurément, elle s'était postée là pour poser. Le cliché pris, j'ai remercié mon modèle et me suis éloigné.

Quand je relis les pages de ce journal, je ne m'interroge pas sur leur intérêt sachant bien qu'elles n'en ont aucun, mais sur leur qualité littéraire. En rangeant ma bibliothèque, je suis tombé sur un tome du *Journal* de Léautaud qui dut se poser la même question et qui m'en donne la réponse : « *Ce* Journal *?... Pas absolument besoin de talent. C'est un travail de scribe, d'enregistreur de faits, de propos, un travail de gazetier, de nouvelliste. De la mémoire, de l'observation, de l'ordre dans l'esprit. Guère besoin de rien d'autre.* (07.07.45) »

Si je pouvais expulser mes aigreurs, mes frustrations, mes craintes dans un crachat !...

15 novembre. Hier soir, je suis allé dîner chez les Nori. J'ai apporté du champagne. Je voulais que nous nous grisions en picorant du jambon de Parme, que les bulles, dans nos coupes, opposent leur légèreté à la lourde connerie meurtrière des djihadistes. La veille, le 13, durant la nuit de vendredi, l'ami Stilnox fut impuissant à me faire dormir.

Une fois de plus, et sans doute pas la dernière, la France a été attaquée par ce que Wilhelm Reich appelait des « petits hommes » atteints de « peste émotionnelle ». Ces jeunes pestiférés portent en bandoulière des bombes mais en eux un mélange explosif de hontes : honte de leurs pères, honte de leur situation sociale, honte de leur origine d'ex-colonisés, honte de leur frustration sexuelle, honte de leur religion, même – ayant conscience que l'Islam est antinomique avec toute forme de glamour. Comme la voie de la délinquance ne leur a pas donné satisfaction, il leur restait l'option de la vengeance terroriste. Sans cette peste émotionnelle qui les ronge, les sergents recruteurs du djihad n'auraient aucune emprise sur eux. Quand le ressentiment aspire à la grandeur héroïque, ou au martyre, l'ère des carnages commence.

Comme le soleil semblait ignorer les tueries et qu'il faisait bon, j'en ai profité ce dimanche pour me balader le long des plages d'Anglet. Je fus réconforté quand je vis quelques jolies en bikini allongées sur le sable comme en plein été, bien vivantes, joyeuses, décidées à prolonger leur bronzage jusqu'à Noël. S'il faut un jour que je prenne les armes, ce sera pour que pareil spectacle ne disparaisse pas. Le bikinisme est la seule cause qui mérite le sacrifice.

Je me suis levé tôt pour aller me faire faire une prise de sang. Examen annuel. J'entre dans un âge où il faut vérifier régulièrement les niveaux et la qualité des fluides. En sortant du laboratoire, comme j'étais à jeun, je suis allé prendre un petit déjeuner à l'Atrium. J'ai avalé deux cafés doubles. J'aurais dû signaler à la vampirette en blouse blanche que j'étais dépendant à la caféine et, donc, qu'elle ne s'étonne pas si mon sang présentait une couleur d'arabica.

J'entends à la télévision et à la radio des politiciens, des policiers et des militaires parler d'une guerre contre une puissance, Daesh, qui ne serait pas un État. Je m'étonne que nul commentateur ne rappelle que n'importe quel État a commencé comme Daesh. Un État est toujours fondé par une bande bien organisée de pirates des terres. Une fois qu'elle s'établit sur un territoire dont elle s'est emparée *manu militari* et qu'elle a éliminé, neutralisé ou asservi les populations locales qui lui résistaient, elle se pacifie, se structure et se dote d'une législation. La guerre cède la place à la politique et au droit et elle ne reprend que pour la conquête coloniale ou la défense de ses frontières. Quand Clausewitz disait que « *la guerre est la continuation de la politique par d'autres moyens* », il omettait de préciser que la seconde procède toujours de la première, ce que Carl Schmitt et, à sa suite, Julien Freund n'auront de cesse de théoriser. C'est d'ailleurs pourquoi, pour souligner l'essence belliciste de la politique, tous deux préfèreront utiliser l'expression *le* politique. La politique renvoie à la gestion, l'administration, la bureaucratie, le politique à la dimension décisionnaire de l'État lequel définit et exerce son pouvoir en fonction d'un *ennemi*. Le politique c'est la désignation étatique d'un ennemi et la mise en œuvre de tous les moyens, y compris la guerre totale, pour l'anéantir.

Le résultat de mes analyses biologiques est plutôt bon. Un taux de bile noire et de désespérine stables. Il me faudra néanmoins surveiller mon cholestérol. Cela me fera une occupation.

J'ai lu la tribune que Michel Houellebecq a écrite dans *Il Corriere della Sera*. Pas mal. L'amusant, ce sont ces mots : « *La France résistera. Les Français sauront résister même sans se prévaloir d'un héroïsme exceptionnel, sans même avoir besoin d'un "sursaut" collectif d'orgueil national* [...]. *Ils résisteront parce qu'on ne peut pas faire autrement* [...]. » Le temps d'une page, l'auteur de *Soumission* est devenu l'apologiste de la résistance.

Depuis les attentats, d'aucuns me demandent ce que je pense des croyants fanatiques. Je réponds que jamais aucun homme n'a été croyant. Cela se saurait. Les humains sont tous des incroyants qui se divisent en trois catégories. La première (la mienne) celle des incroyants heureux – qui regroupent les athées, les agnostiques, les je-m'en-foutistes. La deuxième, celle des incroyants anxieux – la foule des pratiquants ou semi-pratiquants de tel ou tel culte. La troisième celle des incroyants malheureux – qui forment les bataillons ou les commandos de fanatiques. Le fanatique croirait sans le moindre doute et avec la plus grande ferveur en Dieu, il ne serait pas fanatique. Son malheur est de douter désespérément de l'existence de Dieu. On le comprend. Dieu auquel il dit croire ne se manifeste jamais à lui. Il Le prie, L'implore, Le loue et Dieu semble cruellement le snober. Cette indifférence divine à son égard le met en rage. Les athées auraient donc raison ? Le ciel serait vide ? Le soi-disant croyant n'est plus très sûr de sa foi. Il s'aperçoit, sans se l'avouer, qu'elle n'est qu'un désir de croire. Un désir frustré. Il se fait l'effet d'un amoureux éconduit. Il ne veut pas demeurer seul avec l'unique certitude, indubitable, qu'il existe pour rien. Comme, pour des raisons psychologiques qui lui échappent, il ne peut pas croire en rien, il lui faut donc obtenir un signe de Dieu qui le sorte du doute. Mieux que la prière, le martyre lui semblera un moyen plus fort pour en appeler à Son amour. Et, si, au passage, il peut se venger des gens qui, contrairement à lui, vivent bien leur incroyance, cela lui donnera du courage. Si Dieu existait, il nous épargnerait le fanatisme, ce scepticisme mal vécu.

En classant des photographies, j'en ai retrouvé une qui date de 1970. J'ai quatorze ans. Elle a été prise par ma petite amie de l'époque. Je sors de l'eau avec une palme à la main. L'autre, c'est Bruno, ou Denis, ou Jean-Louis, qui doit l'avoir. Dans notre petite bande de « la Côte » – la Côte des Basques –, il n'y avait qu'une paire de palmes pour tous pour faire du *body*. Heureusement, il y avait un peu plus de filles. Il nous arrivait aussi de les partager. L'image me rappelle que la mode était au jean coupé en guise de maillot. Quand je la regarde, je me demande où sont passés les jours qui me séparent de ce moment. Qu'ai-je fait dans cet intervalle qui distingue ce moi-là de mon moi actuel ? J'ai fini ma croissance, je me suis entiché de quelques jolies, j'ai étudié des philosophes, je suis devenu père et l'auteur de quelques livres pour *happy few*. Ai-je réussi ma vie ? En tout cas, tout en conservant une sveltesse, je suis parvenu à ne jamais trahir ma vocation pour l'indolence fût-elle teintée de tristesse – état d'âme parfaitement assorti à l'atmosphère du Pays basque.

Journalistes et responsables politiques ont un nouveau mot à la bouche : la déradicalisation. Si j'ai bien compris, l'objectif est de faire faire aux djihadistes des stages républicains de *vivre ensemble* afin qu'ils adoptent des opinions justes sur le monde et sur la vie. Enseignons-leur *nos valeurs* et les terroristes deviendront Charlie, c'est-à-dire mieux que des bons citoyens : des citoyens bons. Terrifiante bêtise qui consiste à imaginer que la pensée engendre les actes. Ce n'est pas parce qu'il est islamiste qu'un jeune type est violent. C'est parce qu'il est violent qu'il est islamiste. Une religion, comme dit Clément Rosset, n'est qu'un cas particulier d'idéologie, et une idéologie est une façon pour des hommes de ressentiment de justifier et de sublimer mentalement leur affect. Dans un autre domaine, bien qu'assez proche, je veux parler du crime passionnel, nombre d'accusés ont invoqué le recours au poison, au revolver ou à la tronçonneuse, au nom de la grandeur de l'amour. Si on veut déradicaliser les garçons et les filles candidats au djihad on serait plus avisé de leur offrir un été à Ibiza. Ils ne tarderaient pas à voir que les soirées mécréantes du Pacha valent mieux qu'une éternité au paradis.

J'ai regardé *Annie Hall* à la télévision, le film avec lequel Woody Allen est passé du genre purement comique à la comédie sentimentale. L'œuvre date de 1977. Je ne l'avais pas revue depuis sa sortie. Je me suis laissé charmer comme lors de la première fois. Plus, même, en raison du retour sur les années 1970, celles de ma jeunesse curieuse de cinéma, de littérature, de philosophie – centres d'intérêt que je place dans le bon ordre. Et puis il y a les aphorismes de W. Allen qui émaillent les dialogues et qui valent bien, souvent, les maximes de Chamfort ou de Cioran – celui-ci, entre autres : « *Si on s'échine autant pour l'orgasme c'est la preuve que la vie est vide.* »

Comme j'ai du mal à me concentrer pour lire, je passe du temps, le soir, devant la télévision. Son ronron et l'ami Stilnox finissent par m'endormir. Mais je me réveille vers deux ou trois heures du matin, hébété, devant un écran dans lequel des gens s'agitent ou débitent des nouvelles. J'aime bien les chaînes d'information. Les catastrophes qu'elles relatent en boucle, illustrées de quelques images elles-mêmes répétitives, me bercent. Pour le samedi soir, j'ai trouvé un bon marchand de sable : Laurent Ruquier. Comme je vois défiler dans son émission des gens qui ne m'intéressent pas, l'ennui me pousse dans une douce narcose. Une fois, j'ai piqué du nez assez vite devant Roger-Pol Droit, un docteur ès platitudes, que ses confrères du journal *Le Monde* appellent, m'a-t-on dit, Pol-Mouillé.

Je lis ici et là qu'à la faveur de l'état d'urgence la police effectue quantité de perquisitions chez des gens suspectés de terrorisme et qu'elle repart tranquillement après avoir dévasté leur domicile. Comme elle n'embarque jamais personne, tout laisse à penser qu'elle ne se déplace qu'à la suite de messages de « signalement » venant de citoyens patriotes ayant le flair pour repérer des voisins djihadistes. Une barbe, une djellaba, un hijab, ne trompent pas. Je me dis que pareille atmosphère de suspicion doit enchanter les pisseurs de copies allergiques aux Musulmans qui signent dans *Causeur*, *Valeurs actuelles* et *Minute*. Plutôt que de dénoncer ces derniers en général, ils peuvent enfin en dénoncer quelques-uns en particulier à la préfecture.

Pendant que le Dr M. procédait au détartrage de ma dentition, je visionnai sur l'écran de télévision haute-définition au-dessus du fauteuil un reportage muet sur la saison des amours chez les ours, les élans, les phoques, etc. Frappante est la rupture de comportement entre la vie paisible de ces bêtes tournées vers les occupations de survie et la soudaine énergie qu'elles mettent à copuler. Elles perdent toute insouciance dans leur démarche, leur déplacement, leur gestuelle. Les voilà soumises à une corvée. En pleine copulation, toutes expriment une abnégation empreinte de honte – comme si elles disaient : « Regardez à quelle indignité la nature nous abaisse ! »

En remuant des livres pour les caser dans ma bibliothèque, j'ai remis la main sur *La solitude est saine* de William Hazlitt. Relu ce passage : « *Ce que j'entends par "vivre à part soi", c'est vivre dans le monde sans dépendre du monde : c'est comme si personne ne savait qu'un tel individu existât, et que l'on souhaitât que personne ne le sût ; c'est être un spectateur silencieux du formidable spectacle qui s'offre à vous, et non un objet d'attention et de curiosité ; c'est s'intéresser profondément et passionnément à ce qui se passe dans le monde, mais sans éprouver la moindre envie de s'y faire accepter ou de s'y mêler. C'est une vie telle qu'on s'attendrait de voir mener par un esprit pur* [...] *Celui qui vit sagement à part soi et selon son cœur observe l'agitation du monde par les interstices de sa retraite et ne veut pas se mêler à la cohue. "Il entend le tumulte et ne bouge pas".* »

Décembre 2015

Michel Onfray a déclaré que les attentats de Paris étaient une réplique aux attaques des puissances occidentales contre l'*islam politique*. J'ignorais, mais peut-être étais-je le seul, que l'Arabie Saoudite et le Qatar, théocraties salafistes, représentations par excellence de l'*islam politique*, avaient été détruits par les États-Unis et la France avec l'aide financière de l'Irak et de la Lybie – États laïques dont les chefs furent impitoyables dans la répression contre les islamistes. Au moment même où Michel Onfray invente une contre-histoire de la géopolitique, j'apprends qu'il entend observer « une diète médiatique ». Étant donné qu'il a passablement forci, je conseillerai au Clausewitz bas-normand d'en profiter pour suivre une diète tout court.

À propos de surcharge pondérale de l'âme et du corps, je me demande ce qu'est devenu Richard Millet. Concernant les massacres parisiens, j'aurais aimé savoir s'il avait été, comme lors des tueries perpétrées par Anders Breivik en Norvège, « *frappé par leur perfection formelle et, donc, d'une certaine façon par leur dimension littéraire* ». Il m'apparaît que ce qui rapproche l'un et l'autre chefs-d'œuvre sanglants est que les victimes sont les mêmes, que les assassins basanés et la belle brute blonde ont liquidé avec génie des jeunes gens communiant dans le goût de la vie et, pire encore, dans une bienveillance à l'égard du métissage ethnique. Mais n'étant pas esthète, je ne me prononcerai pas sur un si noble sujet.

L'hystérie de Noël approche. Heureusement, le Pays basque résiste encore à l'hiver. Le beau temps et la douceur de l'air brouillent la perception de cette irrespirable atmosphère festive qui plaît tant aux familles et à leur marmaille. Quand on me parle de la magie de Noël, de son merveilleux et de sa joie, j'ai envie de me terrer pour ne réapparaître qu'au mois de mai, à la saison des jolies.

J'ai reçu un exemplaire de *On ne meurt pas de chagrin*. En l'ouvrant, des coquilles m'ont sauté au visage. Un « i » manquant qui transforme un verbe à l'imparfait en un participe présent. Une virgule mal placée qui change l'équilibre d'une phrase. Un verbe, encore, non accordé à son sujet. Au beau milieu d'un passage, surgit le charabia. Les éditeurs n'emploient plus les services de correcteurs. Or, on ne peut pas laisser seul un auteur avec son texte au moment de corriger les épreuves. Il le connaît par cœur. Les mots se sont imprimés dans son esprit, certains avec leurs fautes devenues imperceptibles à force de lire et de relire les mêmes pages, d'apporter ici ou là des modifications. Avant le « Bon à Tirer », il aurait fallu que je soumisse le *Chagrin* à l'impitoyable perspicacité de Forator, *alias* Jean-Michel Bohrer – le Terminator des bourdes et coquilles grammaticales, syntaxiques, orthographiques, volontaires et involontaires. Autant dire un homme précieux.

Le livre que j'emporte avec moi en ce moment quand je sors me balader est un recueil de pensées : *L'égoïste est celui qui ne pense pas à moi* (G-F). Je ne connais pas Henri de Régnier, mais

Bernard Quiriny en fait une belle présentation dans sa préface. En plus d'être un romancier, Régnier est un moraliste comme La Rochefoucauld, Chamfort, ou comme le Baudelaire des *Journaux*. Un penseur triste, profond et drôle. « *Vivre avilit* », écrivait-il. Ou encore : « *Enfermez dans une chambre bien close dix amis intimes. Dites-leur qu'il y a un million pour le dernier survivant. Vous verrez !* » J'aime tout particulièrement cet aphorisme, imparable, comme les autres : « *Il n'y a pas d'expérience en amour, car alors on n'aimerait plus.* »

Quand je ne me promène pas, je passe de plus en plus de temps couché et immobile. Je regarde les meubles et les bibelots. Je me trouve un air de famille avec eux. « *Objets inanimés, avez-vous donc une âme ?* », demandait Lamartine. Sans aucun doute. Les objets sont affectés d'une âme, mais lourde, si lourde qu'elle les soustrait au mouvement du temps. Je comprends bien le phénomène. Je suis frappé de la même malédiction. Inerte sur mon canapé, je me fais l'effet d'être une grosse horloge au balancier bloqué par l'ennui.

Voir les choses telles qu'elles sont ou telles qu'elles ne sont pas, quelle différence ? Tristesse, dégoût ou alors rigolade dans les deux cas.

Janvier 2016

Nous étions six pour le réveillon du 31. Isabelle et Claude, Maria et François, la Schiffterina et moi. Il ne manquait rien au menu, à commencer par le champagne, boisson indispensable pour accompagner les tubes italiens, les twists, les madisons, les slows. L'année 2015 partie, 2016 fut saluée avec tous les égards que l'on doit à une nouvelle venue, mais sans illusion, chacun des convives ayant à l'esprit que les dieux punissent les mortels en exauçant leurs vœux.

On commence à se sentir vieux quand on a l'impression de tracter un corbillard chargé des années défuntes de son enfance et de sa jeunesse.

Dans le *Problème XXX*, Aristote note qu'un excès de mélancolie – dû à une forte concentration de bile noire – engendre l'épilepsie, trouble commun aux grands philosophes, aux grands hommes d'État, aux grands artistes, et que les anciens appelaient la maladie sacrée. Heureuse époque où une neuropathie était perçue comme un don divin et expliquait la force créatrice. Mélancolique depuis l'enfance, épileptique depuis l'âge de vingt ans, je me contente d'être un génie sous Dépakine.

Toujours dans le *Problème XXX*, Aristote souligne que le mélancolique éprouve un penchant pour la boisson. Parfois, quand il en abuse, elle le plonge dans un tel abattement qu'il finit par se pendre. Parfois, au contraire, elle le transporte de courage et d'énergie. Pour ma part je ne bois pas, ou avec mesure, justement parce que j'ai le vin triste, même cafardeux, et, surtout, parce que je crains le verre de trop déclencheur d'une crise – ce qui, en société, nuirait à la bienséance. Il n'y a que le champagne que je supporte plutôt bien, car il me grise et me donne la sensation d'être léger et spirituel – tout l'art, bien sûr, étant de tenir le cap, que l'invité pompette ne devienne pas l'invité pompeux.

Je viens de me rendre compte que parmi les bonnes résolutions que je me suis fixées pour cette nouvelle année, j'ai encore oublié celle de m'atteler à une œuvre.

On ne meurt pas de chagrin, récit autobiographique ou confession, je ne sais comment appeler ce livre, est sorti en librairie le 6 janvier. Ceux qui l'ont lu m'en ont fait de bons commentaires. D'autres personnes à qui je l'ai envoyé restent silencieuses. Elles ont dû changer d'adresse. Personnellement, je ne sais quoi en penser. Cette entreprise est pour moi une première. Est-elle ou non réussie ? Le dire ne m'appartient pas et, encore une fois, j'en serais incapable.

Tout le monde médit des *Huit salopards*. Pas moi. C'est le film le plus nihiliste de Tarantino, joué par des acteurs soigneusement choisis. Quand, à la fin, le chérif de Red Rock lit à haute voix la « lettre » poissée de sang que Lincoln a adressée au major Marquis Warren, ce n'est pas « Madame Todd m'appelle pour aller dormir » qu'on entend, mais : « Madame Tod ».

J'ai reçu le dernier livre de François Bott : *Nos années éperdues*. Des pages graves et légères sur l'amitié et une jeunesse fauchée dans les Aurès au début des années 1960. Une petite musique reconnaissable. Une mélodie nostalgique et élégante qui pèche par des phrases répétitives, des tics mêmes, mais non dénuées de charme. Je lis Bott depuis des années. Je n'ai jamais été fichu de lui dire ma fidélité. Je manque de cette délicatesse qu'il appellerait la politesse des sentiments.

Encore une nuit avortée. Réveillé vers 4 h ce matin par des angoisses de toutes sortes mais, au fond, toujours les mêmes – je veux dire, que toutes ont le même fond. Quel que soit son objet particulier, l'angoisse est le sentiment que puisque rien ne justifie notre existence, tout ce que nous faisons peut nous être reproché et, d'ailleurs, nous est reproché. Sommes-nous un raté ? Le verdict tombe : Coupable ! Avons-nous quelque réussite à notre actif ? Même verdict : Coupable ! Quoi que nous fassions, on nous lance un sale regard. Vivre c'est comparaître en procès pour atteinte à la vue des autres.

Je ne devrais pas m'abandonner à de telles pensées, car la presse accueille très favorablement *On ne meurt pas de chagrin*. Je me fais l'effet d'être une jeune fille à qui on répète qu'elle est très jolie, sauf qu'une jeune fille est armée pour recevoir des compliments. Mon scepticisme se porte d'abord sur moi-même et j'aimerais faire mienne la boutade d'Henri de Régnier selon laquelle « *devant un compliment exagéré, nous sommes portés à penser que, s'il est outré dans la forme, il est juste quant au fond* ».

Ettore Scola est mort. Les cinéphiles lui rendent hommage avec l'intelligence qui convient et qui ne me vient pas. J'ai vu ses films dans les années 1970, mes années de lycée et du ciné-club de Biarritz. Comme beaucoup, je retiens *Une journée particulière* comme son chef-d'œuvre. Sophia et Marcello… *Antonietta e Gabriele*, victimes du culte fasciste de la famille et de la virilité. La pointe ironique de Scola fut de faire jouer une adolescente, Alessandra Mussolini, la petite-fille du Duce.

Est-ce l'effet du Stilnox, mais j'ai rêvé de ma mère. Elle aurait aujourd'hui cent-deux ans… Dans mon rêve, donc, elle m'appelle au téléphone pour me faire je ne sais quel reproche, comme elle en avait l'habitude de son vivant. D'abord, j'esquive sa colère, puis, perdant patience, je me mets à lui répondre sèchement. Tout en lui parlant, je me rappelle qu'elle est morte depuis longtemps et je m'empresse de le lui faire remarquer. Je me réveille. D'abord, j'ai un peu honte. Puis, assez vite, je suis rasséréné. Ma mère n'existe plus que dans l'autre monde, ce qui limite son pouvoir de m'emmerder dans celui-ci.

Ne sachant pas quoi lire, je cherche dans ma bibliothèque un auteur que je pourrais relire. Je tombe sur un opus de Zola. En fait je n'avais jamais ouvert *Le Docteur Pascal*, qui clôt les *Rougon*. Du grand art. On sent Zola déchiré entre sa foi dans la science – il y a un côté Monsieur Homais, parfois, chez cet écrivain – et son pessimisme absolu. Je me rappelle, mais c'est loin, ses moqueries sur Schopenhauer dans *La joie de vivre*. On sentait toutefois qu'il partageait la misanthropie du philosophe et son plaisir de haïr. « *La haine est sainte*, disait Zola. *Elle est l'indignation des cœurs forts et puissants, le dédain militant de ceux que fâchent la médiocrité et la sottise.* » La haine est peut-être la forme la plus productive de l'inconfort de vivre...

Je suis hors-service depuis des mois et les jours passent dans une inquiète indolence. Indolence puisque nulle tâche obligatoire n'est à faire. Inquiétude parce que je ne peux chasser de moi le sentiment que pareille situation n'est pas normale. Je mesure combien pèse sur ma conscience le fardeau moral du travail. Je me suis extirpé tant bien que mal de la mâchoire d'un piège qui coupait la respiration de mon âme jusqu'à l'asphyxie, mais, une fois dégagé, je crains de passer pour un douillet. Heureusement qu'il reste en moi un petit fond de je-m'en-foutisme activé par les pilules d'apathie prescrites par le précieux Dr N.

J'ai commencé le livre d'Emmanuel de Waresquiel, *Fins de partie*, qui est une suite de portraits d'écrivains face à leur mort – Léautaud, Zweig, Vaché, Rigaut, Brasillach, Gracq, Nerval, Constant, Ligne. Le premier chapitre, donne envie de se jeter sur le tout. « *Le jour de sa mort*, [Waresquiel parle de Léautaud], *on retrouvera dans son portefeuille, avec celle d'Anne Cayssac, une photographie en noir et blanc représentant le corps d'une femme nue, debout devant une fenêtre. Elle n'avait pas de tête. L'amour ne se représente pas. Il est dans les souvenirs et la mélancolie.* »

Que pourrais-je noter de plus ce dimanche, sinon que je bouquine au lit et que j'entends l'océan tempêter non loin de ma fenêtre. Je me rends compte que le bruit des vagues aura souvent accompagné mes séances de lecture et servi de bande-son aux histoires que les auteurs me contaient.

Février 2016

Ce matin, alors qu'elle retape le lit, la Schiffterina m'appelle. « Regarde, tu ne trouves pas que nous leur ressemblons ? », me dit-elle en me montrant nos bouillotes jumelles, molles et tièdes, collées l'une contre l'autre dans un repli de la couette.

À supposer que je trouve l'énergie pour commencer le roman que j'ai en perspective, plaira-t-il aux femmes, une fois fini ? Car il n'y a plus que les femmes qui lisent. Elles se saisissent d'un roman comme d'un miroir. Au reste, elles ont toujours été de plus grandes lectrices que les hommes. « Un best-seller peut être vu comme un complot ourdi contre les femmes », me disait l'autre jour mon ami Jean Le Gall. En réalité c'est l'inverse qui arrive. Ce sont les femmes qui n'ont de cesse de comploter contre la littérature en exigeant des ouvrages à leur image. Un best-seller n'est rien d'autre qu'un produit conforme à leurs goûts, à leurs désirs, à leurs états d'âme, à leur libido. Il en va de même pour la philosophie. À cause d'elles la philosophie est devenue cette discipline castrée appelée la « philo ». Il y a d'ailleurs ce côté femme chez un homme qui lit Onfray, Ferry, Lenoir, etc. et qui croit que cela le cultivera tout en lui faisant du bien. N'ayant jamais eu qualité à commettre des traités de *feel good philosophy*, je crains de n'avoir aucun talent pour écrire un roman pour femmes. Je vais plutôt commencer un « Art de renoncer ».

Quelle que soit l'heure de la journée, je suis inquiet. L'inquiétude me chatouille ou me gratouille depuis toujours. Déjà dans le ventre de ma mère, j'éprouvais un *mauvais pressentiment*...

La semaine prochaine, je tâcherai de rassembler mes esprits afin de prononcer une conférence. La sagesse est possible ? Telle sera la question. Pour le communiqué de presse, j'ai rédigé l'introduction suivante : *Les philosophes antiques et modernes définissent la sagesse comme un savoir pratique qui mène à la maîtrise des passions, et par là, à la sérénité. Si notre volonté exécutait les décrets de notre raison, nous deviendrions les souverains bienheureux de notre cité intérieure. Mais cette politique de l'âme n'est-elle pas, comme toute politique, une source d'espérances déçues ?* Il paraît que toutes les places seraient déjà réservées depuis longtemps. Une causerie consacrée à l'ataraxie où accourent des fanatiques... Quelques minutes avant de pérorer, j'avalerai un cachet de Valium – un *pharmakon* générateur d'ataraxie à effet rapide.

Lors de ma conférence, je ne me suis pas fait des amis. Ou plutôt des amies. Tant que j'exposai les sagesses des stoïciens et des épicuriens, je voyais des hochements de tête approbatifs dans le public. Dès que, approchant de la fin de la péroraison, j'introduisis l'idée que les sagesses étaient des utopies portatives à usage narcissique, je constatai des renfrognements et, même, chez certaines auditrices, des grimaces d'indignation. Au moment des questions posées au conférencier, j'eus droit à des récriminations. Ainsi, nul ne pourrait vaincre les angoisses liées à sa condition de pantin s'agitant dans le hasard, le temps et la mort ? Nul ne parviendrait jamais à être le législateur de sa cité intérieure ? Nul ne réussirait à agir telle une providence pour lui-même ? Que faisais-je de l'ascèse et des exercices spirituels – du travail sur soi et de la méditation, comme disent ces dames ? Que je n'eusse aucune foi en Dieu, soit. Mais que j'affichasse une telle incrédulité à l'égard de l'homme, de la puissance de son âme, de sa conscience, de sa volonté, etc., c'en était trop. Ces dames avaient devant elle un philosophe sans aucune qualité. Elles avaient raison. Je ne pus rien rétorquer qui rectifiât ou adoucît mon scepticisme. Le conseil de prudence que je donnerai à un esprit tenté par le doute, mais soucieux de plaire au public, est de ne jamais dire avec franchise que la sagesse n'est qu'un asile de l'illusion.

Souvent je pense à l'humanité, à ses gesticulations à travers les âges. Elle eût mieux fait de s'effacer devant les chimpanzés – leur laisser l'Histoire.

Chaque fois que le hasard de mes balades me mène devant la villa Marthe-Marie où je logeais, adolescent, avec ma mère, je repense aux personnes qui habitaient là et qui, maintenant, sauf moi, ont disparu. Je n'en ai pas parlé dans mon récit, mais au dernier étage de la villa vivait un vieux monsieur charmant. C'était un veuf, un marquis portant une double particule à son nom et toujours flanqué de son épagneul breton, Archibald, qu'il appelait Archi. Tous les soirs, vers 18 heures, il s'arrêtait chez nous pour boire un whisky. Je le saluais, puis, soit je me retirais dans ma chambre, soit j'allais promener Archi sur la plage de la Côte des Basques. Pendant ce temps, ma mère et le marquis se saoulaient en évoquant les déboires de leur vie. Une fois qu'il était passablement éméché, notre voisin regagnait son appartement – et souvent je l'aidais à monter les deux étages. J'avais une grande affection pour cet homme, un ancien diplomate, qui avait commencé sa carrière à Madrid quand Pétain fut, un temps, en 1939, ambassadeur de France à Madrid. Il possédait un château dans l'Allier bâti au milieu d'un immense parc. Comme j'étais ami avec ses petits-fils qui avaient mon âge, il m'invitait, l'été, à y passer une quinzaine de jours. En guise de cadeau de remerciement, je débarquais avec un jambon de Bayonne entier que nous tortorions tard le soir dans la cuisine en buvant du vin. Nous avions entre 14 et 16 ans, le tube de l'époque était *In a summertime* de Mungo Jerry. Le marquis n'aimait rien tant que de nous garder à table, ses petits-fils et moi, après avoir gentiment chassé le reste de la famille de la salle des repas. Là, pendant qu'une grosse domestique nous servait le café, le vieil homme, cravaté, manucuré, parfumé, nous contait des souvenirs de sa jeunesse à Biarritz, durant les Années folles, quand il y allait avec feu son frère en villégiature estivale. Je n'avais pas encore lu Proust, mais les histoires du marquis étaient une sorte de *Recherche* où abondaient quantité de mondains et de demi-mondaines, des gigolos en smoking, des jockeys cocaïnomanes, des croupiers corrompus, des pédérastes nobles mariés à des filles de la grande bourgeoisie bien dotées, des contrebandiers, des acteurs de cinéma, des milliardaires ruinés. Le marquis soignait les détails salaces sans se départir de son ton posé. Je me souviens d'une anecdote qu'il nous relata. Il était question de deux sœurs assez laides, les demoiselles de La Genette, qui séjournaient au grand hôtel Miramar et n'avaient de cesse de vouloir sortir, un soir, avec le marquis et son frère. De peur qu'on les vît en compagnie de cette paire de laiderons, les deux frères les emmenèrent non loin de l'hôtel, dans les lacets du phare. « Finalement, nous dit le marquis, elles furent plutôt gentilles. Elles nous branlèrent. »

J'ai réussi mon examen de passage au Hors-Service. La faculté m'a déclaré inapte pour le bagne. Comme quoi, il arrive à la psychiatrie d'être une science exacte.

Je poursuis la lecture de *Fins de partie* d'Emmanuel de Waresquiel. J'en suis au chapitre consacré à Jacques Vaché et Jacques Rigaut. Le premier se suicida par overdose d'opium, le second d'une balle dans le cœur. Dans mon *Blabla* ou mon *Debord*, je ne sais plus, j'avais trouvé une assez bonne formule : Quand on désire la mort, on n'est jamais si bien servi que par soi-même.

C'est en faisant le mur de son palais où tout était luxe, calme et volupté, que le jeune prince Siddhârta prit conscience que la vie était essentiellement marquée par la misère, la maladie et la mort. Mon père qui n'était pas un sage bouddhiste, m'enseigna cette triple vérité. Il commença par la mort, la sienne, quand j'étais moi aussi enfant. Il continua par la misère, dans laquelle, en disparaissant, il jeta sa femme et son fils. Il finit par la maladie. C'est dans les semaines qui suivirent son enterrement, que j'ouvris les yeux sur la névrose alcoolique de ma mère. Mon père mourut non pas entre les bras d'un fauteuil, mais entre les bras de sa maîtresse. Je n'arrive pas à chasser de moi l'idée que si cela avait été le contraire, je n'eusse pas connu l'Éveil, c'est-à-dire que je ne serais pas devenu un garnement cérébral et contemplatif, trop flemmard, cependant, pour emprunter la Voie Médiane. Peut-être suis-je un Bouddha raté, mais je me félicite de n'avoir pas pris cette disgracieuse bedaine qui ne flatte pas ce sage.

En écoutant Alain Finkielkraut dans son émission *Répliques* consacrée à Levinas, je m'amusais de l'entendre se tortiller dans le micro pour faire une entorse au dogme, auquel il a longtemps souscrit, de la primauté de l'éthique. Depuis que l'Autre envahit nos contrées civilisées, la donne a changé et le mou dans la doctrine s'aggrave. Quand bien même il est démuni de tout, cet Autre-là exagère son altérité, pense notre académicien franchouillard, notamment en arborant moins un visage dont on pourrait se sentir responsable, qu'un faciès de migrant musulman qui donne envie qu'on le refoute à la mer. Je rappellerai qu'on avait eu droit, déjà, à ce type d'éthique à géométrie variable en fonction de la gueule du client de la part de Levinas lui-même quand il avait cherché ou réussi à convaincre Ben Gourion de ne pas abolir le *herem* d'excommunication que les fanatiques de la synagogue d'Amsterdam prononcèrent contre Spinoza.

La météo avait prévu une tempête et de gros coefficients de marée. Souvent les catastrophes annoncées sont décevantes. Là, pour une fois, les vagues ont fait pas mal de dégâts. Les Biarrots sont ravis. Elles servent à cela, les fortes intempéries. À distraire les badauds.

Dimanche dernier, les critiques de l'émission *Le Masque et la Plume* ont défendu mon livre à l'exception de l'un d'entre eux,

Arnaud Viviant, qui a cherché à dire combien il ne fallait pas l'aimer parce que, selon lui, j'étais de droite et nietzschéen. L'amusant, est qu'il n'est pas le premier à considérer que je suis de droite, moi qui conserve pour Marx, le philosophe et le pamphlétaire, une admiration intacte. Quant à mon nietzschéisme, ceux qui me lisent savent en quelle estime je tiens le maboul de Sils-Maria. En réalité, comme souvent avec les types qui m'attaquent, le critique a montré que c'était moins mon bouquin que ma personne-même qui lui flanquait de l'urticaire. Viviant n'a pas dû supporter le fait que ses confrères me trouvaient un physique d'acteur de la Nouvelle Vague – un compliment qu'avec la meilleure volonté ou la plus mauvaise vue du monde on ne peut lui adresser.

Dans la même émission, j'ai entendu aussi Michel Crépu qui ne comprenait pas pourquoi je me coiffais du qualificatif de « nihiliste » alors que tout semblait démontrer le contraire dans mon livre. Pourtant ce récit exprime mon nihilisme mieux que mes essais. Par ce terme je n'entends pas la mystique de la mort et de la destruction, ni ce que Nietzsche définissait comme une fatigue de la vie, ni ce que Heidegger assimilait au triomphe de l'arraisonnement technique du monde, mais, très simplement, comme *la vive sensation que tout ce qui existe n'a pas d'être*. Je ne dis pas que rien n'existe mais que rien (*nihil*) n'a d'être, c'est-à-dire de permanence ou de solidité ontologique parce que tout ce qui existe est voué au hasard, au temps et à la mort. Naturellement, de pareille vérité tout le monde est convaincu mais personne n'en veut rien savoir, passant ainsi à côté de ce qui est beau, précieux, rare et prompt à disparaître sans ordre de passage. Compris en cette acception, le nihilisme est une philosophie sentimentale sans illusion et sans espoir, oscillant entre le rire de Démocrite et les larmes d'Héraclite.

Le soleil froid et sec est revenu. Enfin. Les tempêtes ont beau être balnéaires, comme mon nihilisme, je trouve que, quand même, l'hiver, elles manquent de discrétion.

Samedi, sur l'invitation des demoiselles du Bookstore, j'ai dédicacé mon livre à une quinzaine de lecteurs après avoir répondu aux questions intelligentes et amicales d'Aurélia. Il est à la fois naturel et étrange de se dire que des personnes qui ont lu un livre désirent aussi en parler avec son auteur en personne. Naturel, car on veut mettre un visage et une voix sur une écriture ; étrange, car l'auteur se demande s'il a été jusqu'au bout de son travail. Qu'importe. Cela fut une occasion de deviser avec mon prochain, chose qui m'arrive bien peu et, malgré ma misanthropie, que je trouve agréable, comme cela, de temps en temps.

Le Bookstore surplombe le casino. Il est décoré de telle sorte qu'il rappelle que lire est la promesse toujours tenue d'un plaisir. Lorsque j'étais élève au lycée de Biarritz, je m'y arrêtais après les cours. Michèle Mingam, la maîtresse du lieu, me laissait feuilleter tous les livres que je voulais. Mieux que dans une bibliothèque, je restais là sur le canapé de l'étage avec une pile d'ouvrages. Je repartais avec l'un d'eux. C'était un Manchette, un Ryck, un tout dernier pamphlet des éditions Champ Libre (je les ai tous), un roman classique. Souvent, Michèle m'en offrait un. Elle le choisissait parmi les petits livres de poche de couleur rose de chez Stock. C'était un Zweig, un Schnitzler, un Tanizaki. Je me sentais si bien chez moi que je donnais parfois rendez-vous à des amis. J'y tenais salon. Durant ces années d'apprentissage, je fis du Bookstore le boudoir de ma mélancolie.

Pour rester dans le rayon des lectures, je viens de finir *Le Petit ouvrage inachevé* de Paul Léautaud, un récit autobiographique savoureux fait de notes disparates sur des amours compliquées que l'auteur vécut avec Anne Cayssac et Marie Dormoy, notamment sur le plan vénérien. Alors qu'avec la seconde Léautaud s'ennuya, avec la première il fut, au début du moins de leur longue liaison, à la fête. Anne Cayssac correspondait à ce qu'il attendait d'une femme en matière d'érotisme : « *Être pour tout le monde la femme la plus indifférente à l'amour, et être, en secret, pour son amant, la créature la plus libertine.* » Et de raconter cette « séance » qui eut lieu dans les locaux du Mercure de France – où Léautaud travailla au service des abonnements pendant quarante ans – un soir où son amie vint le chercher : « *Le personnel était parti. Nous nous tenions dans l'entrée de mon bureau, debout contre la porte fermée, attitude de sécurité. Elle se mettait à genoux, me déboutonnait, et sans quitter son chapeau, aussi gourmande qu'habile, me… Le résultat, délicieux, n'était pas long. Je me rappelle combien, la première fois, j'avais un peu de gêne, que j'exprimai, de cette caresse : "Eh bien quoi ! Ce n'est pas bon ? Je ne suis pas une bonne cochonne ?" Comme j'exprimais d'un mot ou deux que cochonne était bien modeste : "Je ne suis pas une bonne salope ?" Je la couvrais de baisers tant je la trouvais délicieuse.* »

Mardi matin, je n'étais pas bien frais, mais je me suis rendu dans les locaux de France Bleu Pays Basque afin d'avoir le plaisir de converser en direct et en duplex, sur le coup de 10 h, avec Adèle Van Reeth. Toute la semaine, son émission, *Les Nouveaux Chemins de la Connaissance*, était consacrée à la vie amoureuse des philosophes. Lundi il était question de la relation entre Martin Heidegger et Hannah Arendt, mercredi du désir malheureux de Nietzsche à l'égard de Lou Andrea Salomé, jeudi de la passion de Simone Weil pour le Christ. Mais mardi, il fallait évoquer et, même expliquer, à la fois le dégoût que l'amour inspirait à Schopenhauer et sa vive amitié pour les chiens. Hors micro, Adèle me confia à quel point le fait d'avoir annoncé cette séquence sous le titre « Schopenhauer et son caniche » déclencha de vives réactions de la part de nombre d'auditeurs. La représentation d'un pareil couple formé par un philosophe et un chien a choqué. Pourtant, quand on sait la misanthropie qui animait Schopenhauer, misanthropie qui n'était pas seulement affective mais qu'il justifiait aussi par des raisons philosophiques, il n'y avait rien d'étonnant à ce qu'il répétât qu'il préférait les bêtes aux humains. Personnellement, je n'éprouve aucune zoophobie viscérale ou de principe. Mais quand on me dit que le chien est le meilleur ami de l'homme, je ne puis m'empêcher de tenir l'espèce canine dans un certain mépris.

Des gens de gauche reprochent à Kamel Daoud – je n'ai pas lu son roman – ses propos concernant la misère sexuelle et la misogynie au cœur du monde musulman – deux éléments qui expliquent, selon lui, les agressions subies par des femmes à

Cologne, lors de la nuit du 31 décembre dernier par des immigrés maghrébins. « *À qui appartient* [dans l'Islam] *le corps d'une femme ?*, demande le journaliste. *À sa nation, sa famille , son mari, son frère aîné, son quartier, les enfants de son quartier, son père et à l'État, la rue, ses ancêtres, sa culture nationale, ses interdits. À tous et à tout le monde, sauf à elle-même. Le corps de la femme est le lieu où elle perd sa possession et son identité.* [...] *Elle doit y défendre les frontières de tous, sauf les siennes. Elle joue l'honneur de tous, sauf le sien qui n'est pas à elle. Elle l'emporte donc comme un vêtement de tous, qui lui interdit d'être nue parce que cela suppose la mise à nu de l'autre et de son regard.* » On comprend dès lors qu'aux yeux des Mahométans fraîchement débarqués dans nos contrées et coraniquement dépendants, la femme occidentale, sexualisée, libre de prendre ou non un mari, d'en divorcer, de fonder ou non une famille, d'avorter, etc., apparaisse comme un objet érotique à la fois désirable et méprisable. Mais on ne se tromperait pas si on affirmait que ce sentiment est en tout point semblable à celui qu'éprouvait le mâle bourgeois ou prolétaire dans le monde catholique du pourtour méditerranéen durant le siècle dernier quand les femmes luttaient pour leur émancipation. Mais Kamel Daoud a eu raison de rappeler que les hommes qui ont agressé les femmes à Cologne ont bien un « *rapport malade au corps féminin et au désir* ». Que des chercheurs aient formé un peloton d'exécution morale dans les colonnes du journal *Le Monde* pour l'abattre, relève de la bassesse. Néanmoins, je ne dirais pas comme Daoud que ce sont des préceptes religieux misogynes qui génèrent une névrose sexuelle agressive envers les femmes, mais que c'est une névrose sexuelle envers les femmes qui génère des préceptes religieux misogynes, et que, en ce domaine, l'islam vaut bien le judaïsme et le christianisme, deux cultes parvenus à un tel stade de décomposition sous les coups de la modernité consumériste qu'on n'en oublie les périodes les plus obscurantistes. Si j'avais les moyens de sonder bien des reins et des cœurs de Juifs et de Chrétiens convaincus, je ne serais pas surpris d'y trouver trace de ce « rapport malade au corps de la femme » et, d'ailleurs, qui sait si une alliance œcuménique de la Frustration ne naîtra pas dans les années qui viennent.

Pendant que j'écris ces lignes dans mon bureau, un vent mauvais s'attaque aux arbres et aux arbustes du parc. En renfort, des averses mitraillent les vitres. Je me penche pour apercevoir au loin l'océan et je ne distingue qu'une affreuse grisaille où se mêle encore un peu de nuit. Je bats en retraite. Je repars me coucher. Ma couette me protégera comme un sac de sable.

Aude Lancelin et Frédéric Lordon sont à Biarritz pour deux jours. Dîner tous les quatre au bar du Haou. Nous rencontrons pour la première fois Frédéric. Je n'ai pas lu ses livres, mais certaines de ses tribunes. Je l'ai aussi entendu quelques fois à la radio. Un pamphlétaire redoutable. Un spinoziste de gauche – comme on disait de Marx qu'il était un hégélien de gauche. Mais pendant que nous nous tapons la cloche, nous n'ergotons pas sur les affects de la politique. Nous nous marrons à propos de tout et de rien. Aude et Frédéric repartent demain. Nous les raccompagnons un bout de chemin, à pied, sous une petite bruine, jusqu'à leur hôtel. Nous nous quittons place Clemenceau.

De toutes les émissions de télévision que j'aime regarder, c'est *Faites entrer l'accusé* que je préfère – diffusée après le navet du dimanche soir. Je l'apprécie d'autant plus que, pour la présenter, Christophe Hondelatte a laissé sa place à Frédérique Lantieri, ancienne chroniqueuse judiciaire de la presse écrite, parfaitement sobre et neutre quand elle évoque le crime. Outre le suspense dans lequel le documentaire tient le téléspectateur, tout l'intérêt de *Faites entrer l'accusé* est de rappeler les réflexions de Freud sur l'*inquiétante étrangeté*, réflexions qu'on pourrait résumer ainsi : il n'est pire source d'angoisse que de découvrir soudain, ou peu à peu, que c'est du familier, de l'habituel, de la plus calme proximité que surgit la mort violente – ou du moins sa menace. Un mari se fait occire et tronçonner par sa frêle et timide épouse. Un bon père de famille extermine tous les siens. Un enfant de dix ans poignarde à mort ses parents pendant leur sommeil. Dans un quartier tranquille, des gens modestes et sans histoire se livrent à des rituels sataniques sanguinaires, etc. Le plus intéressant encore dans l'émission est de constater l'impossibilité totale où se trouvent les enquêteurs, les psychiatres, les proches, pour expliquer pareils faits et gestes de la part de personnes décrites le plus souvent, avant leurs crimes, sous un jour débonnaire ou pacifique. Naturellement, si tout le monde échoue à donner une explication d'un tel changement chez ces personnes paisibles devenues criminelles, c'est parce qu'il n'y a pas eu le moindre changement mais un défaut de perspicacité de la part de leur entourage ayant empêché de les voir comme telles, et pour cause : tant qu'un meurtre n'a pas eu lieu, pas de meurtrier. Il n'y avait pas, dit-on, de quoi s'inquiéter. Pour ma part je me demande si pareille cécité ne serait pas un déni qui consiste, en l'occurrence, à ne rien savoir de la pulsion de mort dont nous sommes les jouets et qui fait que chacun d'entre nous est un tueur, un boucher, ou un cannibale potentiel. L'étrange et l'inquiétant, se dit inconsciemment le téléspectateur, est que je n'aie encore trucidé personne. Toujours est-il qu'à force de regarder cette émission, je ne puis faire autrement que d'observer du coin de l'œil mes voisins, mes amis, mes proches et, avant tout, mes intimes, avec l'idée que l'un d'entre eux sera peut-être un jour mon assassin ou alors que je l'aurais sagement pris de vitesse et enterré dans le parc, sous le massif d'hortensias.

Si je devais définir d'un mot ma vie intellectuelle de ces dernières semaines, voire ma vie tout court, je dirais : Radicalisation. Je crois que je n'ai jamais atteint de telles extrémités en matière de mollesse. Le pire est que je ne parviens pas à m'en sentir coupable. Les jours passent. Je n'écris rien et m'endors sur les livres que je tente de lire. Je trouve un peu d'énergie pour aller flâner le long des plages. Je prends des couleurs, qui siéent au bleu de ma chemise bleu clair et de mon blazer bleu marine. J'ai l'air d'un yachtman sans yacht, descendu à quai sans avoir jamais navigué.

Avril 2016

La Schiffterina et moi avons passé la fin de semaine dernière à Toulouse en compagnie des *amici* Nori. L'objectif de cette escapade dans la ville rose était double. Assister au vernissage, au Château d'eau, d'une exposition du photographe Mario Giacomelli et me rendre, enfin, sur la tombe de mon père dont j'ignorais l'emplacement – cinquante ans après sa mort.

Toulouse est belle. Je l'ai perdue de vue depuis l'obtention de mes diplômes au début des années 1980 du siècle d'avant. Grâce à un ami de mes parents retrouvé sur place, je suis allé dans la rue où ma mère vécut avant d'épouser mon père. Le quartier Arnaud Bernard, populaire à l'époque, populaire aujourd'hui encore, habité par des maghrébins. En circulant parmi les artères étroites aux maisons non entretenues et couvertes de fresques hip-hop où nous croisâmes des « Musulmans » comme disent les Dupont-Lajoie actuels, je ne pouvais m'empêcher de m'imaginer la tête que d'anciens amis parisiens devenus islamo-trouillards auraient faite. Certains de ces jeunes « bronzés » ressemblaient à mon fils. Je repensais à ce que Raphaël me dit un jour, à savoir que, conscient des persécutions que ses grands-parents maternels et paternels Juifs et Tziganes subirent de la part des Dupont-Lajoie de leur temps, il espérait que les néo-franchouillards identitaires ne l'emmerderaient pas en raison de ses airs de métèque, voire de migrant, voire encore de djihadiste ! Sa crainte est fondée. Je me souviens que lorsque j'avais son âge les policiers ne sachant situer exactement l'origine nationale ou ethnique de mon faciès, le jugeait assez inquiétant pour y voir celui d'un terroriste – entre le moudjahidine et le tupamaro. Comme nous sortîmes vivants de ce Molenbeek occitan, nous pûmes rejoindre en fin d'après-midi les Nori au Château d'eau. L'œuvre de Giacomelli vaut le détour, comme on dit. Un noir et blanc très contrasté au service tantôt d'un expressionisme tantôt d'un surréalisme et, parfois, de l'abstraction. Katiuscia Biondi, la petite-fille de l'artiste, gardienne des archives, philosophe formée par Jacques Derrida, présentait l'exposition. Au dîner, alors que je rendais hommage à sa manière de prendre soin du trésor photographique de son grand-père, la jolie me dit qu'elle avait du mal, quant à elle, à reconnaître en moi les qualités d'un philosophe. Je lui demandai de m'expliquer la raison d'une si juste impression. Elle me répondit dans la langue de Leopardi : « Lei è un uomo dalle frasi gelide* ».

Ma haine de l'humanité rejaillit à certaines occasions comme lors du vernissage de l'exposition Giacomelli où les badauds se travestissent en esthètes pour satisfaire uniquement leur pulsion de goinfrerie au buffet. Ah ! Leurs doigts albumineux et fécaux crocheteurs de canapés, d'olives et de chips ! Ah ! Leurs mandibules mâchouilleuses et bavardes ! Ah ! Leurs bouches grasses d'où sortent des mots dégoulinant de mayonnaise ! Désir de meurtre !

Le drame de la sensibilité est qu'elle expose à l'ennui.

---

* « Vous êtes quelqu'un qui tient des propos glaçants. »

Chez moi, en toute circonstance vient l'ennui. Y compris quand je rêve. Même au beau milieu d'un cauchemar.

À l'évidence, les journalistes dans leur ensemble n'aiment pas le mouvement de contestation « Nuit debout » et cela suffit à me le rendre sympathique. D'autant que, d'après ce que j'ai pu lire et entendre ici ou là à son sujet, jamais dans les débats ou prises de parole qui se succèdent, il n'est question de ce que les islamo-trouillards appellent l'identité française menacée, ou le grand remplacement, ou le choc des civilisations. Non seulement les nocturnes debout ne lisent pas Dupont-Rioufol ou Onfray-Lajoie, mais ils se plaisent à cultiver un désir anarchisant d'emmerder les partis politiques et les bureaucraties syndicales – et cela aussi me les rend sympathiques. Toutefois, j'habiterais Paris, ou Bordeaux, ou Toulouse, je ne me mêlerais pas à leurs rassemblements. Dès que je me trouve dans une foule, le premier mot qui me vient à l'esprit est « Fuyons ! ». Rien d'idéologique dans cette réaction. Il s'agit d'un simple réflexe d'agoraphobie. Quand des individus s'assemblent pour une raison ou pour une autre je suis saisi d'angoisse. « Que fais-tu là ? », chuchote en moi la voix de mon démon misanthrope. « Ne vois-tu pas que si tu ne sais pas ton texte tout le monde ici sait le sien par cœur ? Détale avant qu'on ne te jette des tomates ! » À cause de moi, la France, qui va fort mal, perd un citoyen concerné et ne s'encombre que d'un petit-bourgeois blasé qui passe plus de temps allongé que debout, même durant ses nuits d'insomnie.

Hier soir, Alain Finkielkraut a été insulté et expulsé par les noctambules debout de la place de la République, à Paris. Il lui fallait du culot, du courage, même, pour s'aventurer chez ces bons citoyens qui trient leurs intellectuels – à l'image du reste, de Finkielkraut qui trie ses concitoyens. Quoi qu'il en soit, preuve est faite que tant qu'une foule n'a pas trouvé le maître qu'elle désire, elle reste l'esclave de ses préjugés et de ses pulsions, et, en fait de pensée, n'a d'autres registres que ceux du slogan et de la vindicte. Ainsi sait-on qu'elle en a trouvé un, de maître, quand celui-ci parle ou vocifère comme elle. En se rassemblant les hommes deviennent petits, disait Chamfort. Ce sont des Pygmées qui rêvent d'une fraternité cannibale.

L'éviction violente d'Alain Finkielkraut de la place de la République n'a entraîné aucune réprobation dans la presse de gauche. En usant d'un même jésuitisme *L'Obs*, *Le Monde*, *Libération* et *Mediapart* ont à la fois minimisé et justifié l'agression de leur adversaire idéologique. *L'Humanité* a même plaidé la légitime défense de citoyens contre une attaque, en pleine nuit, de l'Académie française. Dans cette affaire, c'est l'*inélégance* qui s'est exprimée en toute liberté – de même que la goujaterie à l'égard de l'épouse de Finkielkraut que d'aucuns auraient peut-être désiré tondre. Qu'entends-je par élégance, me demandera-t-on ? Un mépris de la démagogie. Qu'on se rappelle Baudelaire : « *Vous figurez-vous un dandy parlant au peuple, excepté pour le bafouer ?* »

Y aurait-t-il un peuple pour chaque philosophe ? Je crains que ce soit le cas, autrement dit que ce mot de peuple ne soit qu'un mot. Moi qui vis au Pays basque depuis des années, je n'ai par exemple jamais eu affaire au peuple basque. Quand les nationalistes radicaux déclaraient qu'ils luttaient les armes à la main pour la liberté du peuple basque, les nationalistes modérés leur rétorquaient que le même peuple basque rejetait la violence. Qui, des extrémistes ou des modérés, pouvais-je croire ? J'aurais aimé que ledit peuple basque exprimât son opinion. Or le peuple ne peut jamais rien dire – d'où, d'ailleurs, le grand nombre de ses porte-parole – pour la bonne raison qu'il ne lui manque, comme à tous les fantômes, que la parole. Il est un de ces « universaux » comme on disait au temps des polémiques médiévales, soit une abstraction qui laisse libre cours à toutes les fantaisies politiques, mais qui trahit surtout l'image qu'un quidam se fait de lui-même. J'ai connu jadis une militante basque qui, quand elle s'enflammait dans une discussion, se prenait pour le peuple basque. Elle ne disait plus « je », mais « nous ». Quand elle commençait ses phrases par « Nous le peuple basque », elle donnait l'impression que son moi se fondait en un Moi plus vaste, sans visage ni corps, mais qui parachevait son être. Je sentais que ce qu'elle appelait la Lutte transcendait sa vie et je devinais qu'elle regardait avec des yeux apitoyés le *pasota* que j'étais. Ce qui est vrai d'une militante exaltée l'est d'un intellectuel. Même quand il jouit d'une notoriété, un intellectuel demeure incertain quant à la réelle influence de ses idées, ou, comme il dit, de ses « travaux », et aimerait en étendre le domaine – raison pourquoi la démagogie s'offre à lui. S'il lui faut flatter des affects collectifs qu'il éprouve lui-même – l'indignation, le ressentiment, la peur, la colère, la haine, etc. –, il lui faut aussi leur donner une traduction conceptuelle et rhétorique afin de les ennoblir. Désigner, dirait Spinoza, l'idée adéquate de leur cause. Son seul et réel travail sera de maquiller l'inférieur en supérieur. Mais pour une pareille tâche, le cynisme, à moins qu'il ne le dissimule parfaitement, lui sera nuisible. Il ne fera pas croire à une multitude d'individus en quête de revanche sociale qu'ils forment ensemble un sujet historique s'il ne le croit pas lui-même. Voilà pourquoi l'intellectuel opèrera une cristallisation au sens stendhalien du terme, ou, si on préfère, prendra le désir du peuple, le sien mêlé à celui des autres, pour la réalité. Sur l'hétérogénéité des salariés appartenant aux classes moyennes paupérisées et précarisées qui se réunissent place de la République, il projettera les caractères illusoires d'un *démos* unifié décidant de son destin sur une nouvelle *agora* et trouvera les mots, entre lyrisme et docte sociologie, pour embellir dans l'esprit des intéressés la fable d'une citoyenneté réinventée. En prenant la parole devant un peuple imaginaire, réduit le plus souvent à une assemblée bon public de jeunes *vitelloni* diplômés, il sentira exister son propre moi enfin magnifié. Le peule, ce sera lui. Mais, malgré qu'il en ait, l'intellectuel ne pourra pas cacher et se cacher longtemps que le carrosse redeviendra citrouille. Si, pour en rester avec les noctambules debout, la « convergence des luttes » tarde à se faire c'est, bien sûr, parce que nul parmi ceux qui l'appellent de leurs vœux ne la désire. Nuit debout agrège sans doute des « lutteurs » qui désignent un même ennemi, mais leur seule volonté inconsciente est d'en découdre entre eux, de faire de leur agora une arène. L'intermittent du spectacle n'a que faire du défenseur de la cause animale, lequel n'a que mépris pour le *designer* mangeur de viande, lequel se moque de l'institutrice féministe, laquelle aboie après le machisme de l'étudiant en master managering, lequel se pince le nez devant la crasse du jeune altermondialiste, lequel trouve le jeune communiste mou du genou, etc. Sous prétexte de veiller à ce que personne ne s'arroge plus de pouvoir que les autres, tout le monde suspecte tout le monde – ce qui permet à la haine fraternelle de se manifester avec bonne conscience et de préparer à la guerre de tous contre tous. Quand tout sera terminé, quand les services municipaux auront nettoyé la place, les ex-noctambules s'accuseront les uns les autres de traîtrise. Les motifs, fondés, ne manqueront pas. Forts de cette expérience, les plus avisés feront de la politique en professionnels. Ils s'y exercent déjà. Les autres, les idéalistes, rumineront leur amertume d'avoir cru en la nature sociale des hommes.

Il n'est pire destinée pour un écrivain ou un penseur ayant été la proie de doutes, de fièvres, de découragements, que ses ouvrages finissent en *champ de recherche*. Être enterré entre quatre planches d'une *thèse* !...

Mai 2016

Vendredi dernier, le 29 avril, Marc Belit m'invitait au Parvis de Pau, dans sa nouvelle galerie d'exposition photographique, pour présenter mon dernier livre. Ce genre d'événement, si je puis dire, est si rare, qu'il mérite d'être signalé, car je suis l'auteur le plus méprisé des libraires. Je pourrais en faire un titre de gloire, mais ma modestie me l'interdit. Toujours est-il que ce déplacement m'a donné l'occasion et le plaisir de voir mes amis palois : Sibylle, Démocrite et Guy Karl. Leurs questions et leurs commentaires n'ont pas manqué de me toucher, mais, avant tout, de me surprendre tant ils révélaient une lecture attentive de mes pages – ce genre d'attention à mon égard qui ne laisse jamais de m'étonner.

Durant cette rencontre, la question de savoir si j'avais écrit une confession ou un récit m'a été à nouveau posée. Je penche pour la confession. Mais, finalement, le mot importe peu. L'essentiel est que le lecteur ait éprouvé la sensation d'un temps qui s'était écoulé depuis l'enfance du narrateur jusqu'à sa soixantième année et que, au long de sa lecture, il ne se soit pas barbé. Quand j'écrivais *On ne meurt pas de chagrin*, j'ai cherché, dirait Montaigne, à « peindre le passage ». J'avais en tête trois références : *L'Âge d'homme* de Michel Leiris, *Une vie française* de Jean-Paul Dubois, *Les Années* d'Annie Ernaux – et, aussi, *La Place*, le beau texte qu'elle consacre à son père. J'ignore ce que vaut mon livre. Je crois qu'il me fallait l'écrire. Je l'ai fait au bon moment, au bon âge, pas trop tard. Cioran disait que « *vivre c'est perdre du ter-*

rain ». En écrivant on a au moins l'impression, fût-elle illusoire, de n'en pas trop perdre.

Le mois de mai sort ses couleurs. Les peupliers et les sycomores du parc se remplument à toute vitesse. Mes chers hortensias ne tarderont pas à fleurir. Plus le temps passe, plus je me *rousseauise*. Je veux dire qu'avec l'âge je préfère la compagnie des végétaux à celle de mes semblables. Eussé-je été moins frileux, moins coquet, moins tire-au-flanc, une carrière de jardinier s'ouvrait à moi. Ensemencer la terre, faire pousser des fleurs et entretenir des arbres, voilà des tâches plus nobles que d'enseigner la philosophie et d'écrire des livres.

Je ne pensais pas qu'autant de personnes se déplaceraient samedi dernier à la médiathèque de Biarritz pour m'écouter parler du *Chagrin*. Non seulement les gens sont venus mais ils ne sont pas partis avant la fin. Ce jour-là j'ai fait de l'ombre à Woody Allen dont on projetait, tout près de là, son *Café society*. Je tiens ceux qui font la fine bouche devant les films de Woody Allen pour des chichiteux ou des philistins. Ses films sont inégaux. Mais même le plus raté d'entre eux surclasse en charme et en amusement intelligent tout autre production qui tente de rivaliser dans le genre de la comédie sentimentale – ici douce-amère. Je reconnais que dans *Café society* le photographe abuse de la lentille ou de l'éclairage ocre. Mais peut-être que les contemporains des années trente ou quarante voyaient le monde de cette couleur. En attendant, pour en revenir à ma petite causerie, outre le plaisir de retrouver des membres de mon fan club, j'ai eu la surprise de découvrir de nouveaux visages. À la sempiternelle question que l'on me pose : « Qu'entendez-vous par nihilisme ? », j'ai répondu, comme de coutume, que chacun sait, pour l'éprouver radicalement en soi, que ce qu'il y a c'est du non-être et non de l'être, et, par là, que le nihilisme n'est pas une thèse philosophique mais la simple expérience de la vie. Or je crois que ce mot-là ne passera jamais, qu'il prêtera toujours à tous les malentendus et sera l'objet d'interprétations de mauvaise foi. C'est bien sûr pour cela que je le porte épinglé à ma boutonnière.

Samedi, toujours, on m'apportait le dernier livre d'Arnaud Le Guern : *Vadim un playboy français*. Sitôt ouvert, sitôt lu. ALG cultive l'allègre nostalgie d'une époque haute en couleur photographiée en noir et blanc. D'ailleurs, ALG écrit en noir et blanc. Vadim n'était pas un cinéaste qui jouait au playboy, c'était un playboy qui jouait au cinéaste. Il n'a pas laissé de chefs-d'œuvre ? Et alors ? ALG rappelle qu'il a précédé et inspiré la Nouvelle Vague et, surtout, qu'il créa deux déesses : B.B. et Jane Fonda. N'est-ce pas l'essence du cinéma ? Ce n'est pas Woody Allen qui protesterait.

Depuis quelques semaines, je hante les cimetières. Il y a un mois, c'était celui de Terre-Cabade, à Toulouse. Hier après-midi, celui d'Arcangues où la Schiffterina se mit en tête de séparer un rosier et un laurier dont les racines s'étaient emberlificotées tout contre la tombe de ses parents. Dans ce lieu qui ne désemplit pas – je veux parler de badauds et de touristes –, je sentais un malaise grandir tant la Schiffterina, avec sa pelle qu'elle enfonçait avec rage dans la terre, ressemblait à une profanatrice de sépulture.

Hier soir, dîner face à l'océan, en compagnie des Nori et des Brussel. Moment très agréable de discussions vives ponctuées par des rires. Le champagne, le vin espagnol et les digestifs y furent pour beaucoup. J'étais heureux de rencontrer Samuel Brussel, le patron des éditions Anatolia, à qui on doit la publication des aphorismes de Nicolás Gómez Dávila, l'hidalgo réactionnaire colombien. Je me rappelle comment j'ai découvert cet écrivain. Je flânais dans une librairie à Paris, et je fus arrêté par un titre : *Les Horreurs de la démocratie*. Je pris l'ouvrage et lus ce sarcasme : « *La tour d'ivoire a mauvaise réputation chez les habitants des taudis intellectuels* ». Dans les jours qui suivirent, je fis à mon tour découvrir Nicolás Gómez Dávila à *Philosophie magazine* et, plus tard encore, je lui réservai un chapitre parmi mes *Penseurs tristes*.

Week-end épuisant

Vendredi soir, avant-première mondiale du film de Frédéric Beigbeder, *L'Idéal*, au cinéma le Sélect de Saint-Jean-de-Luz. Octave Parango, mort dans *99 francs* ressuscite en *model scout* sous les traits de Gaspard Proust. Sa mission : trouver pour la firme multinationale de cosmétiques L'Idéal une très jeune fille qui incarne la beauté absolue. Sa quête à la fois métaphysique et mercantile l'entraîne, lui et sa co-équipière directrice visuelle Valentine Winfeld – splendide Audrey Fleurot – en Russie où les oligarques, ne sachant que faire de leur fortune et comment la montrer, emploient des nains de jardins vivants pour orner les parcs de leurs châteaux. L'histoire se termine mal pour L'Idéal, mais pas si mal pour le héros dont l'existence, à la faveur d'un événement inattendu, passera du stade esthétique au stade éthique – sans renoncer à l'hédonisme. Les coincés, je veux dire les tristes cultureux qui n'aiment pas Beigbeder n'iront pas voir ce film éminemment kierkegaardien. Ce sera dommage, car ils perdront une occasion de se décoincer en regardant une satire drôle et féroce du totalitarisme de la mode. Beigbeder n'a pas l'impolitesse de faire du cinéma engagé. Il nous fait rire de la vulgarité d'un milieu prétendument raffiné en réussissant à mêler deux types de comique : le trait d'esprit et le burlesque, sans oublier un troisième qui fait tout le charme du film : l'autodérision. Maintenant, il est vrai que l'apparition assez fréquente de jolies dénudées ne nuit pas à son intérêt – on se rappellera la scène très vadimienne d'ouverture où des créatures vêtues de mousseline transparente, tentent de border Octave enfant alors qu'une gigantesque *party* bat son plein dans le reste de la maison.

Samedi, à midi, je suis allé chercher mon éditrice, Maxime, à l'aéroport. Nous nous sommes rendus à Guéthary où avait lieu un petit salon littéraire. J'y ai fait l'auteur mais pas trop, bien moins, en tout cas, que Laurent Binet ou Jean-François Khan postés derrière leurs piles de livres. Le grand moment du jour fut la soirée. La littérature et les auteurs s'étaient heureusement volatilisés. Maxime, la Schiffterina et moi avons dîné au Madrid et, de verres en verres, rejoints par Frédéric et Lara, Victoria et Yan, Angela, Karine, Julien et d'autres vitelloni des deux sexes, nous n'en sommes partis qu'après l'heure légale de fermeture et sous la pluie.

Dimanche, après une courte nuit, il m'a été très difficile de faire, à nouveau, l'auteur. Toutefois, je n'ai pu résister à la vanité d'entendre lire en public, par Delphine de Chasteigner, un des chapitres de mon roman. J'ai trouvé ma littérature si émouvante que j'ai aussitôt adhéré à mon fan club présidé par la malicieuse Nathalie.

Ce matin, lundi, j'ai mis un point final à mon interminable article pour la *NRF*. Écrire pour cette revue est quand même un tantinet intimidant. Mais Michel Crépu semble ravi de mon texte dans lequel je parle de Zorro et du jansénisme… Et s'il devenait membre de mon fan club ?

Aujourd'hui, comme depuis quelques jours, je me sens las sans raison précise, même si, par instants, j'éprouve la démangeaison d'écrire quelque chose d'intelligent. Quoi donc ? Une voix intime me dit : « Note ce que tu ressens. Imite Marc Aurèle, Amiel, Pessoa ! » Ça ne donne rien. Stérilité complète. Il y a bien quelques débuts de phrases qui se présentent sous mon crâne, mais elles se disloquent sitôt que je tente de les saisir. Me voilà atteint de troubles de l'introspection. La même voix me dit alors : « Commence un roman de critique sociale, un polar militant, un essai sur la disparition des abeilles ou un truc façon Oulipo ! » et me voilà pris d'une inquiétante crise de bâillements. « *La vie contemplative est souvent misérable* », disait Chamfort. Comment lui donner tort ? Allez, une sieste et, je l'espère, il n'y paraîtra plus.

On me demande parfois : « Quel est le livre qui a changé votre vie ? » Question stupide. Qu'on me demande à la rigueur quel est l'écrivain qui m'a le plus marqué ou influencé, soit. Mais imaginer qu'un livre puisse changer la vie d'un quidam est une croyance de même acabit que celle selon quoi la Bible a changé le destin des empires de l'Antiquité, le Coran celui des Arabes du haut Moyen Âge, l'Encyclopédie celui des Européens du XVIIIe siècle, ou encore *Mein kampf* celui des Allemands des années 1930. Qui en ces temps-là a lu ces livres ? Personne. Et à supposer qu'on les eût lus, qu'est-ce que cela aurait changé ? Rien. La lecture d'un livre fût-il religieux ou politique n'a jamais bouleversé la vie d'un individu ou le destin d'une société. Dans le cours de mon existence, j'ai croisé des Juifs, des Catholiques, des marxistes et des Musulmans. Or j'ai remarqué que nul d'entre eux n'avait jamais ouvert les Évangiles, *Le Manifeste du parti communiste*, le Coran. Le problème avec ces types n'était pas tant qu'ils prétendaient qu'un livre dont ils n'avaient jamais lu une ligne avait changé leur vie, mais que, au nom de ce livre dont ils ignoraient tout, ils voulaient changer la mienne comme celle de l'humanité. Plus que stupide, l'idée qu'un livre puisse changer la vie est effrayante. Ce qui me fait dire que les lecteurs se divisent en deux catégories. Les vrais et les faux. On reconnaît les premiers à leur quiétisme et à leur égotisme. Les seconds à leur activisme et à leur prosélytisme. Si les premiers sont fréquentables, il faut toujours se préserver des seconds.

Hier, trois quarts d'heure de nage dans la piscine de l'HP dans une eau à 29°. Je ne me croyais pas en possession d'une si bonne condition physique. Le plus remarquable est qu'aujourd'hui je ne suis pas épuisé. J'aurais soixante ans en octobre. Le sexagénaire bouge encore.

L'Euro vient de débuter et, aussitôt, les supporters s'affrontent. Je voudrais tellement qu'ils s'entretuassent jusqu'au dernier ou alors que l'on fît sur eux tirer la troupe.

Comme tous les mois de juin, je cherche à remplir les exigences de mon *dresscode* estival. J'ai enfin trouvé un short, élégant et pratique. Un Sundek qui ne me pince pas aux hanches, qui sèche rapidement, et dont le bleu mer mettra en valeur, selon la vendeuse, mon bronzage. Chez les *Sandales d'Eugénie*, j'ai acheté ma traditionnelle paire d'espadrilles « cousu main » de couleur blanche que je porterai serrée au talon et non pas façon savate. Non seulement l'espadrille me fait le pied mignon, mais c'est la chaussure la mieux assortie à mon pantalon et ma chemise de lin, blancs eux aussi. Je ne sais pas pourquoi j'ai fait ces achats étant donné que plus les années passent plus l'été biarrot m'angoisse. La foule et son laisser-aller envahissent tout. Les rues, les plages, les restaurants. Quant aux spots de surf, inutile d'en trouver un tranquille. L'année dernière j'ai dû me mettre à l'eau trois ou quatre fois. Avec l'âge et ses incommodités psychiques qui lui font cortège, je deviens un agoraphobe tout terrain. À terre comme en mer. L'été, je devrais me replier dans une villa isolée à la campagne avec piscine. Mais à quoi bon une tenue balnéaire au milieu des champs, des prés, des vignes ? Ma coquetterie me condamne à rester prisonnier de Biarritz.

J'ai commencé les *Mémoires* de Marie d'Orléans, duchesse de Nemours, dans la jolie collection du Mercure de France, « Le Temps Retrouvé ». Dans sa préface, Micheline Cuénin, rapporte que la duchesse fut mise en « *congé absolu* » par la Reine durant l'année 1 650 et qu'à ce sujet son amie Mme de Motteville, une autre mémorialiste, écrivit que la mère du futur Roi, « *avait trouvé juste de la laisser jouir en repos de ses plus grands plaisirs qui étaient renfermés dans les livres et dans l'aise d'une innocente paresse* ». L'aise d'une innocente paresse… Assurément, il y a quelque chose en moi de Mme de Nemours.

Le 3 juin alors que les gays et les lesbiennes de Tel-Aviv défilaient dans les rues pour exprimer leur fierté d'être homosexuels, le même jour, à Paris, Joseph Sitruk, l'ancien grand rabbin de France, déclarait au micro de Radio J : « *Mon cœur a saigné en apprenant la terrible nouvelle de l'organisation vendredi à Tel-Aviv de la Gay Pride. La Torah qualifie l'homosexualité d'abomination et elle la considère comme un échec de l'humanité. Israël, par cette manifestation, se trouve rabaissé au rang le plus vil. La communauté me connaît bien. Je ne me suis jamais exprimé en des termes si radicaux et violents contre quelque chose. Mais là, c'est la morale même du peuple juif et de toute l'humanité qui est en jeu. Il n'y a pas de mot assez fort pour le crier.* [...] *Je n'hésite pas à qualifier cette initiative de tentative d'extermination morale du peuple d'Israël.* [...] » Et de dire en conclusion : « *J'espère que les auditeurs écouteront mon appel au secours et réagiront de façon radicale à une telle abomination.* » Il semblerait que si le saint homme n'ait pas été entendu en Israël, sa fatwa biblique soit en revanche parvenue à un Musulman américain qui, à Orlando, en Floride, quelques jours plus tard, a bel et bien réagi de « manière radicale » à l'abomination sodomite et saphique. Une cinquantaine de pécheurs et de mécréants abattus au fusil mitrailleur. En France la parole de Dieu s'exprime par le canon d'une Kalachnikov, en Amérique par celui d'un AR-15 – en vente libre –, mais elle énonce les mêmes messages miséricordieux.

Si on mesure la vivacité d'une religion à son pouvoir d'attraction sur les déséquilibrés, en ce cas on est forcé d'admettre que l'islam l'emporte actuellement sur les autres monothéismes.

Le christianisme nourrit sans doute des névroses et des perversions, mais plus autant de psychoses meurtrières ou suicidaires comme dans ses premiers temps – ce que Nicolás Gómez Davilá regrette quand il écrit que le problème de l'Église n'est pas de manquer de curés mais de croisés. Quant au judaïsme, s'il suscite à nouveau des vocations de fanatiques, le phénomène, pour le moment, reste limité à l'État d'Israël. Cela étant dit, et même si je n'ai pas la moindre raison solide pour la soutenir, je formule l'hypothèse que l'húbris de violences à l'œuvre chez certains Mahométans, en particulier chez de tout jeunes gens, n'est pas le signe de la vigueur de l'islam qu'ils revendiquent, mais celui de son agonie. Si les djihadistes organisés ou improvisés effraient, c'est parce qu'il est patent qu'ils n'ont cure de gagner une guerre contre les États mécréants afin d'en convertir les citoyens ou de leur imposer la charia, mais de les entraîner avec eux dans la mort. Leurs attentats-suicides accompagnés de tueries de masse n'expriment pas leur volonté d'étendre le Califat au reste du monde, mais de l'instaurer dans l'au-delà – là même où les nazis, dotés de moyens de destruction bien plus puissants, ont instauré éternellement leur IIIe Reich. Il me semble que, dans *Le Suicide*, Durkheim avait assez bien cerné le phénomène qu'il désignait comme « suicide altruiste aigu » : « *Dans tous ces cas, nous voyons l'individu aspirer à se dépouiller de son être personnel pour s'abîmer dans cette autre chose qu'il regarde comme sa véritable essence. Peu importe le nom dont il la nomme, c'est en elle et en elle seulement qu'il croit exister, et c'est pour être qu'il tend si énergiquement à se confondre avec elle. C'est donc qu'il se considère comme n'ayant plus d'existence propre.* »

L'été commence plutôt bien. Je ne parle pas de la chaleur qui tombe sur le Pays basque, mais du prix littéraire qu'une assemblée de personnes que je ne connais pas a jugé bon de décerner à mon *Chagrin*. C'est la présidente du jury, Laurence Biava, qui m'en a informé hier soir. On connaît la formule que je mets à toutes les sauces quand il s'agit de récompenses, de prix, de compliments : ne jamais refuser une marque de reconnaissance même si elle est méritée. Le prix Rive gauche à Paris salue un ouvrage faisant écho à la chanson de Souchon. Je ne suis pas parisien et j'aime modérément Souchon. Un espion que j'avais dans la place m'a dit que le jury considérait désormais Biarritz comme une extension balnéaire de la rive gauche et admettait que je préférasse Sacha Distel à Souchon. Voilà des personnes de qualité, lui ai-je répondu, et, là encore, ce jugement était sincère.

Claude Nori est si peu convaincu que je méritais, il y a six ans, le prix Décembre, qu'il raconte à tout le monde que je ne dois cette distinction qu'à la prière qu'il fit pour moi ce jour-là à la vierge de l'église Saint-Charles de Biarritz. Je me rappelle aussi le refus de Jaccard de parier sur moi, la veille, avec Yan, le fils de Françoise, affirmant que je n'avais pas la moindre chance de gagner – lui qui se vante de miser gros sur les outsiders.

Un journaliste de *Technikart* m'écrit qu'un dénommé Jordan effectue ces jours-ci des « séances de *shooting* » sur la Côte basque pour un « portfolio surf » que publiera le magazine et, partant, me demande si j'accepterais d'y participer. Aimablement, j'ai refusé de passer encore pour le philosophe du surf. Une photographie de moi et de mon *longboard*… Et puis quoi, encore ? Il faudra bien un jour que je dise que je me fous et de la philosophie et du surf – et, d'ailleurs, qu'il n'y a qu'à interroger à ce sujet les philosophes et les surfeurs pour en avoir confirmation.

Les Anglais ont décidé, paraît-il, de quitter l'Union européenne. J'ignorais qu'ils y étaient entrés ! Mais, là encore, je me fous et des Anglais et de l'Union européenne.

« Schiffter, c'est juif ? », m'a demandé l'autre jour un curieux sans scrupules. Il n'est pas rare qu'on me prenne pour un Juif en raison de mon faux air de Sami Frey et, sans doute aussi, en raison de mon nom de guerre. Je me rappelle une conversation téléphonique datant de plusieurs années avec Denis Grozdanovitch, que je ne connaissais pas encore en personne, au cours de laquelle il chercha en tortillant ses phrases à savoir si j'appartenais au « peuple chéri de Dieu », comme dit Voltaire. Ayant répondu par la négative, j'ai senti que je décevais mon interlocuteur, d'autant plus que je lui manifestais un je-m'en-foutisme absolu sur la question de l'identité culturelle ou ethnique. Malgré ma mise au point, avançant des arguments tirés de ses impressions de lecture de l'un de mes opuscules, il mit en doute ma « goyitude ». Que je le voulusse ou non, il y avait de la judaïté en moi. L'ironie, la gravité légère, le tragique désinvolte qu'il décelait dans mon écriture étaient selon lui, à coup sûr, les indices intellectuels anthropométriques d'un Juif. Opiniâtre, il voulut donc en savoir davantage sur l'origine de mon nom. Tout juste s'il ne m'accusa pas de travestir la réalité quand je lui révélai que Schiffter était un nom d'Europe centrale, certes, mais qu'il était celui de mon arrière-grand-mère tzigane et que mon propre nom appartenait à une famille toulousaine catholique. J'ajoutai encore que, bien évidemment, je me foutais des Tziganes et des Catholiques. Grozdanovitch fait partie de ces gens – tel Cioran qu'il détestait par ailleurs et au sujet duquel il écrivit un article bébête – qui croient au *volksgeist*, au génie respectif des peuples, et, notamment, à l'humour juif. Or, pour connaître des Juifs, il m'est évident que les culs de plomb du sérieux abondent dans leurs rangs autant que dans d'autres échantillons d'humanité. Je puis même dire que, dès lors qu'on effleure la question du conflit israélo-palestinien, ils ne plaisantent pas du tout, à l'instar même des Musulmans qui les vomissent. Pour mettre un terme à notre échange et faire comprendre à Grozdanovitch que le thème de notre débat me fatiguait, je lui déclarai que la seule identité dont un individu pouvait se prévaloir relevait de l'état civil – le reste n'étant que blabla métaphysique. À propos de la sympathie qu'on devrait avoir pour tel ou tel peuple et pour les Juifs en particulier, j'eusse pu lui rappeler ce que Hannah Arendt avait écrit à Gershom Scholem qui lui reprochait, à elle, l'infatigable sioniste, son paradoxal manque d'amour pour « son » peuple : « *Vous avez tout à fait raison : je ne suis animée d'aucun "amour" de ce genre, et cela pour deux raisons : je n'ai jamais dans ma vie ni "aimé" aucun peuple, aucune collectivité – ni le peuple allemand, ni le peuple français, ni le peuple américain, ni la classe ouvrière, ni rien de tout cela. J'aime "uniquement" mes amis et la seule espèce d'amour que je connaisse et en laquelle je croie est l'amour des personnes.* »

C'est Scholem qui accusa aussi Philip Roth de faire partie de ces Juifs qui, comme Hannah Arendt, n'aiment pas leur peuple. D'après le kabbaliste, avec *Portnoy et son complexe*, Philip Roth avait écrit le livre dont les « antisémites rêvaient », un brûlot qui dépassait en calomnies à l'encontre d'Israël *Le protocole des sages de Sion*. Quand on lit de plus près le motif d'une telle charge, on s'aperçoit que l'unique raison qui la motivait était que le jeune héros du roman passait son temps à se masturber en pensant à une siska, c'est-à-dire une jolie goy wasp. L'idée qu'on assimile la jeunesse juive américaine à Alexander Portnoy révulsait autant qu'elle effrayait Scholem. Et si les Juifs passaient pour un peuple de *branleurs* ?...

Le mercredi 29 juin, à 13 heures, le taxi nous dépose, Françoise et moi, à l'hôtel de Seine. Dans le petit hall, près du comptoir du réceptionniste – qui n'est autre que l'ami Tristan –, il y a, assis dans un fauteuil, un vieux monsieur très élégant qui lit le Figaro. « Je vous présente monsieur Daniel Cordier », nous dit Tristan. Aussitôt, nous saluons l'homme avec déférence. Il se montre très aimable, très souriant, très disert – tellement, même, que nous restons discuter avec lui un long moment. Notre parlote devient si amicale, que je porte des chaises du salon du petit-déjeuner pour que nous puissions prendre nos aises. Cordier évoque la guerre, bien sûr, son rôle auprès de Jean Moulin. Il nous dit qu'en allant rejoindre de Gaulle à Londres, sa motivation principale, à lui le tout jeune royaliste et catholique fervent de vingt ans, était d'aller « tuer du Boche ». Dans un éclat de rire, il nous avoue qu'il n'en a finalement tué aucun et qu'il en garde un immense regret. Passant du coq à l'âne, la Schiffterina lui demande la raison de sa présence dans l'hôtel. Cordier, qui habite Cannes, a rendez-vous avec le conservateur de Beaubourg. Il a décidé de céder au musée une bonne part de sa collection personnelle d'œuvres d'art moderne. Le temps passe. Au bout d'une heure, un peu impatients de nous rafraîchir, nous nous levons de nos sièges et saluons le malicieux héros national, *alias* Caracalla. Je note qu'il aurait bien aimé continuer à bavarder avec la Schiffterina à qui il prenait souvent la main pour lui manifester la sympathie qu'il eut immédiatement pour elle.

En allant chercher le prix Rive Gauche qui m'a été décerné, je pensais à mon cher Léautaud qui disait à Pierre Mallet : « *J'estime qu'un écrivain qui reçoit un prix littéraire est déshonoré, qu'il se comporte comme un écolier.* » C'est totalement juste et qu'on ait pu créer un prix Paul Léautaud est une infamie. En mettant le chèque dans la poche de ma veste, la seule façon que j'eus de me justifier à mes propres yeux fut de me dire qu'à la faveur d'un malentendu le jury récompensait un cancre, un cossard, un imposteur. Il suffit de recevoir un prix littéraire pour comprendre, outre le dérisoire de la chose elle-même, la vanité du titre d'écrivain que certains s'attribuent ou que d'autres vous collent avec le plus grand sérieux. Ah ! Être écrivain ou un écrivain ! Ça vous pose tout de suite son bonhomme ou sa bonne femme. D'où vient l'absurde fierté de se dire écrivain ? Du plaisir que des crétins vous gratifient d'une appellation réservée à juste titre à Balzac ou à Proust ? Mais qui réserve, justement, le terme d'écrivain à Balzac ou à Proust ? Tout le monde écrit, aujourd'hui. Dans les rangs des classes moyennes, j'entends. Car c'est surtout dans ce milieu social que se répand le prurit de l'écriture. Il doit venir de l'espoir qu'on y nourrit de se tailler une sorte de petit statut honorifique, un peu comme les clercs médiévaux qui avaient tant de peine à exister entre la noblesse et les riches commerçants. L'ennui est que depuis la massification de la culture la littérature ne jouit plus du prestige qui fut le sien après-guerre. Désormais, et sans doute à raison, les basses comme les hautes classes lui préfèrent les séries télévisuelles. Quant à moi, que ce soit en tant que lecteur ou en tant qu'auteur, la littérature demeure un passe-temps. Un peu plus que cela, peut-être, quand j'écris. Affaire de pathologie sociale. J'écris pour ne pas avoir à parler avec mes semblables. Quand on me demande si je travaille à un « nouveau projet » l'envie me brûle de répondre : « Ai-je une tête à travailler sur un projet ? » Me prend-on pour un ingénieur, un entrepreneur, un politicien ? Pire : un « créatif » ? Je n'ai jamais eu le plus petit projet d'écriture. Quand on me pose cette question, du fait, justement, qu'on me prend pour un écrivain, je devrais répondre que mon projet le plus urgent est de ne pas parler. Surtout pas de littérature ou de philosophie. C'est, au reste, la raison pourquoi à l'écriture je préfère le sommeil. Dormir sans faire de rêves. Oublier les projets des autres qu'ils n'ont pas la décence d'enterrer…

C'est, je crois, mercredi prochain que le comité médical de l'Inspection académique va valider ou invalider ma demande d'être placé en hors-service longue durée. J'ignore la teneur du rapport médical établi par les soins du toubib accrédité. Je lui ai fait part de mon impossibilité d'assurer le moindre cours du fait que ce n'est pas moi qui ai tiré un trait sur ce métier, mais que c'est le métier qui a tiré un trait sur moi. Il a *raturé* ma raison et ma parole. De même en ce qui concerne la philosophie. Elle m'a rejeté. Cela dit, il n'y a jamais eu d'amour entre nous. Elle a toujours eu de bien meilleurs professeurs. Des hussards. Des battants. Des concernés. Des types ou des bonnes femmes capables de pérorer avec le plus grand sérieux sur l'art, la conscience, les passions, que sais-je. Il a toujours été hors de mes forces d'être un authentique *prof de philo*. Pendant plus de trente ans, j'ai simulé ce sérieux-là que je trouvais ridicule comme toutes les formes de sérieux. Et, bien évidemment, j'ai été ridicule tout ce temps que j'ai cherché à donner le change. Je me fais l'effet d'un antimilitariste viscéral ayant choisi de faire carrière dans l'armée. Depuis toujours, depuis le lycée et l'université, je manque *pathologiquement* de sérieux philosophique. Je n'ai jamais professé que mes humeurs. Année après année, j'ai étalé à de jeunes esprits appelés à occuper une place meilleure ou plus minable que la mienne dans les rapports de production, ma science de la fatigue. À présent, j'ai la soixantaine, l'âge de l'exténuation et la philosophie me fait payer avec usure, si j'ose dire, mes carences pédagogiques. Finie la comédie. J'agonise devant des élèves qui s'en foutent et qui ont bien raison de s'en foutre. Comme je n'ai pas envie de mourir sur scène, j'aspire à la retraite. Il me faut un établissement équipé. Mon appartement avec terrasses, l'une avec vue sur la mer et l'autre sur le parc, avec la Schiffterina comme infirmière, me paraît tout indiqué.

Je croise ***** dans la rue.

Lui : – Bravo pour votre prix.

Moi : – Merci, mais, vous savez, je m'y attendais…

Lui : – Ah ? Euh… Et à présent, vous êtes sur un autre livre ?

Moi – Pas dans l'immédiat. Je laisse à d'autres une part de gloire.

Comme Caraco et Cioran, j'appartiens à une obédience spirituelle appelée *gnosticisme vulgaire* qui se caractérise par une foi inébranlable en un Dieu auteur de ce monde mais incompétent et en proie à une psychose maniaco-dépressive – une foi qui explique par là même l'absurdité de tout ce qui arrive ici-bas, où le meilleur se mêle au pire, l'heureux au malheureux, le beau au laid, etc. Bien sûr, il m'est impossible de rendre un culte à ce Créateur tellement Il est nul. Au lieu de Le prier, je m'adonne au plaisir des imprécations contre Ses ratages.

Même si je ne connais rien à la Gnose, il me semble que de toutes les superstitions les plus ahurissantes de sottise sont celles qui consistent non pas à croire en je ne sais quel Dieu, mais en l'homme, en sa perfectibilité, sa grandeur, son dépassement, sa potentielle surhumanité et j'en passe. Être athée est à la portée de n'importe quel entendement bas de gamme. Partout des crétins se vantent de leur liberté d'esprit en proclamant que Dieu n'existe pas. Quelle audace ! Ils se prennent pour des esprits libres alors qu'ils ne sont que des radicaux socialistes de la métaphysique. En revanche, n'avoir aucune foi dans les humains reste une philosophie beaucoup plus rare – et risquée, j'en sais un rayon là-dessus – sans compter que l'on n'a ni à prouver ni à nier les preuves de l'existence de pareils êtres. Seul ce scepticisme ananthrope trouve grâce à mes yeux. Tout autre me semble une doctrine pour bonnes femmes. « *L'homme est l'époux de la mort et la mort préside à ses démarches* », rappelle Albert Caraco dans son délicieux *Bréviaire du Chaos*, simple phrase qui, si on la médite en feuilletant un honnête livre d'histoire prend tout son sens véridique.

Toute ma vie j'aurai acheté des chemises dans lesquelles je flotte et des pantalons qui me serrent.

Hier, défaite de l'équipe de France de foutebale, battue par celle du Portugal. Je m'en réjouis. Le mauvais score a mis immédiatement un terme aux rassemblements multitudinaires chauvins où la passion la plus vulgaire, je veux dire la joie, se donne le cours le plus libre durant d'interminables heures.

La veille, samedi, dîner avec les Nori au restaurant Les Platanes, en terrasse. À la table voisine, cinq couples de quinquagénaires. Des têtes de professions indépendantes. Ils se sont divisés en fonction des sexes. D'un côté les femmes arborent des robes à fleufleurs, de l'autre les types, en chemises à manches courtes, portent le pull sur les épaules. Les premières papotent de je ne sais quoi, les seconds causent bruyamment de foutebale. Soudain l'un d'eux, le plus éméché du groupe, entonne la *Marseillaise*. Il gueule. On ne reconnaît pas l'air. Les autres, rubiconds, que j'observe du coin de l'œil, se marrent. Les gros rires gagnent en décibels. Le restaurant a de plus en plus de mal à supporter les fâcheux. À l'évidence, les bonnes femmes sont gênées. À un autre moment, le gueulard récidive. Cette fois ses copains font chœur. On ne s'entend plus. Ils remettent ça toutes les cinq minutes. Je me retourne pour dévisager leurs faces rougeaudes. Ils me regardent avec agressivité. Je comprends tout. Ils ont devant les yeux deux belles femmes élégantes, Françoise et Isabelle, spectacle qui les fait souffrir, renvoie chacun à son ratage érotique et sentimental. S'ils s'égosillent c'est bien pour saccager l'ambiance *dolce vita* de notre table, se venger de leur infortune d'être des ploucs. Quand nous nous levons pour partir, je note que la honte des bonnes femmes fait place à la satisfaction de voir disparaître deux femmes qui leur avaient fait une ombre humiliante. La laideur vient de gagner la partie contre la *bellezza* inconsciente d'avoir déclenché les hostilités.

J'apprends que le comité médical ne traitera mon dossier qu'en août. Je me fais l'effet du mis en examen qui attend le verdict du tribunal. Les juges en blouse blanche me renverront-ils ou non au bagne ? J'ai décidé que même si mon congé était refusé, je n'y retournerai pas. En attendant, pas une nuit ne passe sans que, à peine endormi, je ne sois réveillé par un cauchemar. À deux heures du matin, je rêvais que je me trouvais au bord d'une piscine très fréquentée. Autour du bassin grand et profond où personne ne nage, court une petite fille tenant une peluche. Soudain, juste devant moi, la fillette tombe à l'eau. Je tends le bras pour la saisir avant qu'elle ne coule à pic. Je la tiens. Mais en la remontant, je m'aperçois que je n'ai saisi que sa peluche. Quand je regarde autour de moi, les abords de la piscine ont été désertés. Je ne sais plus quoi faire. Le désespoir me foudroie. André Bazin disait du cinéma qu'il « substitue à notre regard un monde en accord avec nos désirs ». Je dirais du cauchemar, ce cinéma d'horreur intime, qu'il substitue à notre regard une vie en accord avec nos angoisses. Quand nous ne dormons pas cela s'appelle une dépression.

Dimanche, canicule. Pas la force de sortir avant 19 h, heure à laquelle nous sommes allés, Françoise et moi, à Guéthary où nous avons pris garde à la douceur du soir au Kostaldea, face à un océan aux allures de lac, en compagnie de Jean Le Gall, d'Arnaud Le Guern – qui mettait pour la première fois les espadrilles au Pays basque – et de Frédéric Beigbeder. Peu de monde, encore. L'endroit sera très vite infréquentable pour moi avec l'arrivée progressive et massive des estivants.

Hier, à Guéthary, en compagnie de nos amis, Françoise ne s'est pas rendu compte à quel point le soleil de fin de journée et le vin rosé de la guinguette étaient assommants. La montée à pied vers le village, sur le coup de minuit, pour récupérer la voiture, fut une odyssée.

Lundi et mardi, toujours la canicule. Aux abris. Stores baissés. V. G. V. – Ventilateur Grande Vitesse – de rigueur. Les deux soirs, arrosage du parc. Les végétaux ressuscitent sur-le-champ. Je suis Irrigator, leur dieu bienveillant.

Ce matin, mercredi, j'ai participé, en duplex depuis Bayonne, à l'émission d'Ali Rebeihi sur France Inter. Thème du jour : le « mentir-vrai » des philosophes – ou, pour le dire autrement : Pourquoi les philosophes ne vivent pas conformément à leurs discours tout en faisant croire le contraire ? François Noudelmann a tenu des propos subtils. Les miens furent triviaux. Pour la énième fois j'ai dit que si j'étais philosophe on ne pourrait pas me faire grief de ne pas conformer ma vie à mes idées puisque je fais l'inverse.

Les philosophes sont des mythomanes. Le sage selon Épicure ou selon Spinoza, c'est-à-dire l'idée qu'un type lambda puisse se piquer, moyennant une ascèse, de vivre comme un « immortel parmi les mortels » ou dans l'amour « intellectuel de Dieu », relève du conte. Ayant vite compris que Noudelmann ne ricanait pas de pareilles fables, je me suis permis de renvoyer les auditeurs à mon cher Lucien de Samosate – à son *Philosophes à vendre* – et à mon cher Montaigne dont j'ai cité à l'antenne le propos suivant : « *À quoi bon faire ces pointes élevées de la philosophie sur lesquelles aucun être humain ne se peut rasseoir et ces règles qui excèdent notre usage et notre force ? Je vois souvent qu'on nous propose des images de vie lesquelles ni le proposant ni les auditeurs n'ont aucune espérance de suivre ni, qui plus est, envie.* » (*Les Essais*, III, 9).

L'émission terminée, une fois dehors, j'ai été hélé par un homme un peu agité qui voulait un autographe du « philosophe bien habillé » dont il « avait lu déjà trois livres ». Comment savait-il que je me trouvais là ? À l'évidence, il m'attendait. Un admirateur. Sans doute le seul que j'aie… J'ai griffonné un petit mot sur une feuille chiffonnée sortie de sa poche, puis j'ai regagné ma voiture en pressant le pas. L'admirateur me poursuivait en criant : « Je vais continuer à vous lire, monsieur Schiffter ! Je vais lire tous vos livres ! » Il fut temps que je démarrasse. J'étais manifestement en danger.

Hier, une heure d'exercice à la salle de sport de l'HP. D'habitude j'y suis seul. Là, je partageais le lieu avec un Espagnol qui a peut-être le même âge que le mien mais qu'une teinture capillaire noire vieillit, sans parler des retouches au Botox sur son visage qui en accentuent toute la laideur originelle. Acharné à pédaler sur son vélocipède électrique, il suait tellement que je m'attendais à ce qu'il se liquéfiât et qu'il n'y eût plus sous sa machine qu'une flaque de produits chimiques. À un moment donné, entra une belle femme brune de trente ans qui se dirigea vers le pédaleur. En passant, elle me sourit. Elle parla quelques secondes à son mari et, en repassant devant moi, elle me sourit à nouveau mais avec davantage de sous-entendu sexuel que la première fois. Quand elle disparut, je songeai à l'étrange sensation qu'elle devait ressentir à faire l'amour avec un type qui ressemble à un Playmobil géant et qui en a toute la sensualité.

Le carnage de Nice a montré jusqu'où les islamistes poussaient l'art du camouflage avant de passer à l'action. Afin de n'être pas repéré comme salafiste, le chauffeur du camion, pendant les années où il préméditait son coup, a pris le masque d'un dépravé ordinaire. Allant contre sa foi et ses rites de purification spirituelle, il s'est adonné à tous les dérèglements des sens qui lui répugnaient, de la fornication à la drogue en passant par les cours de musique afro-cubaine. Comment les services de renseignement auraient pu se douter du machiavélisme de ce fanatique ? Pareil revers pour la police devrait inciter le ministre de l'Intérieur à fournir à chacun de ses fonctionnaires, en plus d'un armement plus efficace, un exemplaire du *Livre des Ruses*. Dans ce chef-d'œuvre de la littérature politique arabo-musulmane datant du XIVe siècle – transmis aux européens par les vénitiens et dont Machiavel et Baltasar Gracián s'inspirèrent –, on trouve un chapitre intitulé : « Les ruses des hommes pieux et de ceux qui pratiquent l'ascèse ». Il y est dit notamment ceci qui éclaire la perfide stratégie du terroriste de Nice : « *Un authentique dévot sera plus utile pour défendre la loi de Dieu s'il prend le déguisement du débauché plutôt que l'apparence austère du prêcheur.* »

Deux jeunes terroristes ont égorgé un prêtre dans son église, un vieil homme de quatre-vingt-six ans. J'ai l'impression que ce crime soulève plus d'indignation que la tuerie de Nice qui concernait des dizaines de badauds et leurs enfants. En tout cas c'est l'occasion pour les identitaires franchouillards de brandir la preuve de leur théorie du « choc des civilisations » – qu'ils appellent à l'échelle du pays le « danger du multiculturalisme ». En assassinant ce brave curé, disent-ils, des Mahométans se sont attaqués aux racines chrétiennes de la France. Quand, donc, un jour, un imam se fera zigouiller en représailles par un nazillon, les mêmes identitaires franchouillards diront : « On peut comprendre son geste », ou : « Il a fait le job ». La presse de droite glorifiera un patriote, un héros national, un résistant. Par mimétisme, d'autres identitaires franchouillards désireront alors, eux aussi, en découdre *manu militari* avec les bougnoules, tombant exactement dans le piège que leur tend Daech qui, perdant du terrain en Irak et en Syrie, cherche à allumer des foyers de guerres civiles en Europe. C'est d'ailleurs pour éviter la radicalisation des identitaires franchouillards que François Hollande parle de la création d'une garde nationale ou d'une réserve opérationnelle où de pareils excités pourraient s'enrôler et, ainsi, être contrôlés dans leur violence. Cette manœuvre suffira-t-elle à enrayer la formation d'une nouvelle O.A.S. ? Je ne suis pas certain que les Français n'aient pas le désir de goûter aux charmes des massacres intercommunautaires qui égayèrent jadis les « événements d'Algérie ».

Depuis ma terrasse, j'entends au loin des cris d'enfants qui jouent sur la plage. Ce doit être le vent d'ouest qui les rabat sur les hauteurs, jusqu'au parc. Tant qu'ils ne perturbent pas ma lecture, tout va bien. J'ai retrouvé un bouquin que j'avais mis il y a longtemps sous le coude dans le but de le déguster aux beaux jours : *Le Bonheur des petits poissons*, de Simon Leys. De ce dernier, je me flatte de posséder *Les Habits neufs du président Mao – Chronique de la Révolution culturelle* – pamphlet publié aux éditions Champ Libre par les soins de René Viénet, et que j'avais acheté (34 francs) en 1975 (3e édition), l'année de mon baccalauréat et de mes débuts dans le dandysme situationniste. Je me rappelle le retentissement que causa ce livre dans le monde intellectuel français, en un temps où Alain Finkielkraut, grand exégète, avec Benny Lévy, du grand timonier, aspirait à ce que la France prît une heureuse identité marxiste-léniniste. Quel barouf ! Simon Leys passa pour un agent de l'impérialisme américain. Pour un chien. Je me rappelle aussi la volée de bois vert qu'il infligea lors d'une diffusion de l'émission *Apostrophes* (1983) à Maria-Antonietta Macciocchi venue chanter les louanges du régime maoïste. Une belle exécution intellectuelle en direct. Toute une époque, comme dit Raoul dans les *Tontons flingueurs*. Mais, dans *Le Bonheur des petits poissons*, on peut voir que le regretté Simon Leys n'avait rien perdu de sa veine pamphlétaire quand il écrivait : « *De même que les gouvernements de pays hyper développés paient de temps à autres leurs paysans pour qu'ils ne produisent pas de beurre ou de maïs, ne pourrait-on pas subsidier certains universitaires pour qu'ils cessent d'écrire des livres ?* ».

Août 2016

Premier mercredi du mois. C'est le jour où mon dossier de demande de mise hors-service sera traité par le comité médical. Je n'en connaîtrai la décision qu'après le 15. Quinze jours à patienter. Une attente pénible, au sens fort du terme. D'une heure à l'autre, je balance entre optimisme et pessimisme. Je me dis que j'ai soixante ans et qu'on va avoir pitié de moi, qu'on ne va pas, après un an d'interruption de travail, me renvoyer en classe, devant les barbares. Je me dis aussi que l'Administration sait être impitoyable comme elle me l'a montré il y a trois ans quand, au mépris de toute légalité, elle me mit en demeure d'effectuer des heures qu'elle avait oublié de pourvoir en personnel. J'avais fini par obtenir gain de cause, c'est-dire de ne pas me déplacer dans un autre bagne pour, selon les termes du rectorat, « compléter » mon service. Mais je n'ai gagné la bataille qu'après avoir déjoué les sales manœuvres du proviseur du lycée hôtelier de Biarritz – une sorte de Monsieur Ratcuit tout droit sorti d'une pièce de Courteline. Aujourd'hui je me ronge les esprits animaux à la perspective de faire appel de la décision du comité médical s'il refuse ma demande. Pour l'heure, ne sachant rien, je m'essaie à l'art de la patience avec le soutien moral tellement précieux de la Schiffterina.

Comme le dit l'ami Blaise Le Sire, « *quand les médecins m'ont déclaré inapte au travail, j'ai eu l'impression d'atteindre enfin le sommet de ma carrière* ».

Je serais plus à mon aise pour écrire si j'étais sur ma terrasse, allongé sur l'un des canapés, face au parc. L'ennui est qu'un crétin enrichi a acheté un terrain proche de mon repaire et a eu la funeste idée d'y construire une maison. Les travaux ont commencé. Une grue est plantée dans le décor et, comme il était prévisible, le chantier fait du boucan. Je n'ai guère d'estime pour les métiers vaguement intellectuels, pour les comptables ou les enseignants, mais au moins sont-ils silencieux – ce qui n'est pas le cas des travailleurs manuels, quel que soit leur corps de métier. Car nul besoin d'être psychologue pour comprendre qu'un maçon, un charpentier, un électricien, n'a jamais choisi le parpaing, le bois et les clous, l'électricité pour la beauté de je ne sais quel savoir-faire artisanal, mais uniquement pour le plaisir de faire du bruit. Creuser, racler, cogner, percer, scier, etc., le tout en aboyant des ordres, bref, provoquer les plus grandes nuisances sonores dans un proche environnement, telle est la vocation unique, essentielle, vitale, des ouvriers du bâtiment. Ceux du chantier d'à côté sont particulièrement zélés. Fanatiques. Je ne serais pas surpris de découvrir qu'ils se sont renseignés sur le voisinage qu'ils allaient incommoder et, apprenant que je passais le plus clair de mon temps sur ma terrasse pour lire, écrire, somnoler, qu'ils s'appliqueraient à détruire ma tranquillité. Il ne me reste d'autre choix que de me calfeutrer dans ma chambre. Par chance, elle est bien insonorisée. Les artisans chargés de son isolation phonique ont dérangé mes voisins pendant des semaines – je n'étais pas là –, mais je suis satisfait de leur travail.

Hier matin, j'ai pris un café avec Sébastien Lapaque aux halles de Biarritz. Nous avions fait connaissance il y trois ou quatre ans à l'occasion d'une émission de radio, sur France Inter, animée par Laurence Garcia. L'émission était une matinale très matinale. Elle passait à six heures. Je ne me souviens plus de quels livres nous venions parler. J'ai souvenir que Sébastien ne s'était pas couché cette nuit-là et qu'il arrivait sans doute d'une bringue, plutôt joyeux. Hier, nous étions assis face à face à une table extérieure de chez Miremont – l'annexe du pâtissier de la rue Mazagran. Discussion aimable et allègre autour de thèmes littéraires, théologiques, politiques, philosophiques. Sébastien énonça des propos plus sérieux et plus doctes que les miens. Plus tard dans la journée, je m'interrogeai sur la sensation de n'avoir pas été à la hauteur de notre échange. Peut-être était-ce dû au fait que pendant qu'il parlait de Tertullien, Sébastien tournait le dos au défilé de jolies en robes d'été et en shorts coupés court dont, malgré moi, je ne ratais rien. Mais je reconnais que cela n'excuse pas ma légèreté.

Vers minuit, j'ai regardé la fin de *Once upon a time in the west*. Je connais ce film par cœur. Beau et sublime – selon les catégories kantiennes. Avec le temps, pour ne pas dire avec l'âge, je n'hésiterai pas à dire que je troque tous les drames sophistiqués et modernistes d'Antonioni contre un seul plan efficace d'un western de Sergio Leone.

Dimanche, dîner chez Irina et Jean Le Gall. L'appartement d'Irina est le plus beau de Biarritz, conçu par un architecte du monde d'avant. Une belle vue sur la ville, de grandes pièces, un bow-window. Une vaste terrasse fleurie – où trottine Valentin, le

Russel de la maîtresse du lieu – avec une table et son parasol qui abrite du soleil de midi et de l'humidité du soir. Irina est une jolie fée blonde qui vous reçoit pieds nus et qui est dotée du pouvoir de cuisiner les plats les plus exquis d'une main sans jamais poser la coupe de champagne qu'elle tient dans l'autre. Un moment doux et amical sous un ciel clair. L'été est une saison qui n'est belle que le matin et à partir du crépuscule.

Lors d'un dîner où on a invité Ortega y Gasset, un représentant de commerce placé en face de lui lève la voix : « À quoi sert un philosophe ? Hein ? Qui peut me le dire ? À rien. Le mot philosophe est un euphémisme pour désigner un niais. » Et, posant son regard sur Ortega : « Parce que, bon, soyons francs. Quelle distance sépare un philosophe d'un couillon ? » « La largeur d'une table », rétorque Ortega en tirant sur son fume-cigarette. Quand j'étais étudiant à Toulouse, j'avais consacré une étude de troisième cycle à Ortega y Gasset. J'aimais chez lui son docte dilettantisme. Sa façon, comme Montaigne, de digresser quand il s'engageait dans le développement d'un thème. En remettant la main par hasard sur mon mémoire, je n'ai pas pu le relire. Je me rappelle cependant quel était mon plaisir d'avoir découvert un philosophe qui s'était donné pour tâche de ruiner, et non de « déconstruire » comme disent les chichiteux post-modernes, la phénoménologie de Husserl. Je me flatte de pouvoir lire Ortega en espagnol, mais pour ceux qui ne le peuvent, il faudrait traduire *El Hombre y la Gente*. Il y a de belles pages sur la condition solitaire de chaque humain. « *Ce qu'on appelle* la *vie est toujours une vie et elle est intransférable. Ce que je vis, moi seul le vis. La vie, c'est ma vie et elle est une solitude radicale, un "rester seul" et un "manquer à personne"* » – raison pourquoi Ortega définira l'amour comme « *la tentative d'échanger deux solitudes* ». Pour en revenir à l'anecdote du début, je la trouve tout aussi amusante que lorsqu'elle me fut racontée la première fois, mais j'ai toujours donné raison au fâcheux prétentieux qui provoque Ortega quand il affirme l'inutilité du philosophe. Tout de même que l'art, la philosophie ne sert à rien. À moins qu'il ne soit *aussi* dentiste ou plombier, ce n'est pas un philosophe qui vous soignera une dent ou qui réparera votre robinetterie qui fuit. S'il maîtrise *aussi* la géométrie et qu'il est bon pédagogue, il pourra vous faire progresser en cette discipline, mais en aucun cas il ne vous apprendra à « bien juger pour bien faire » – selon l'expression de Descartes. Quant aux questions métaphysiques qui vous hantent, il ne répondra à aucune – à moins d'être Dieu Lui-même. Dès lors, le convive lourdaud d'Ortega énonce une vérité : un philosophe n'est pas d'un grand secours pour son prochain. Cela n'en fait pas un niais pour autant, sauf, bien sûr, s'il pense le contraire.

Petite fête, hier soir, chez Philippe et Anné Djian dans leur nouvelle maison surélevée comme on en voit sur les plages, en Californie. La leur est plutôt loin de la mer puisqu'elle se trouve en plein centre d'Anglet-City. Ils ont invité pas mal de gens. Je connaissais quelques personnes. Il y avait Isabelle Huppert, à qui j'avais offert il y a deux ans *Le Charme des penseurs tristes*. J'eus grand plaisir à retrouver son mari, Ronnie Chammah, avec qui j'avais dîné chez Yushi en compagnie de Jaccard – son adversaire aux échecs. Ronnie m'apprend qu'il a racheté la salle de cinéma

Action Christine, dans le 6e arrondissement, afin d'y projeter ses films préférés. Nous parlons de Sergio Leone – qui, paraît-il, portait toujours sur lui un revolver –, de Gian Maria Volontè et, surtout, de Valerio Zurlini, le réalisateur oublié du cinéma italien, dandy taciturne, à qui on doit *La Fille à la valise*, *Été violent*, *Le Professeur*. Pendant que je devisais avec Ronnie, Françoise et Agnès Léglise se disputaient près du buffet. Elles revenaient sur l'éviction brutale de Finkielkraut de la place de la République quand s'y tenait La Nuit Debout. Françoise trouvait ça bête et méchant, Agnès trouvait ça plutôt justifié. Le spectacle de la surfeuse et de la gitane en train de se prendre le bec était amusant mais il me sembla que je devais intervenir afin de calmer le jeu. Elles échangèrent encore quelques propos acerbes puis, à mesure que la soirée passait et comme si le Prosecco bien frais que je leur servais adoucissait l'humeur, elles se mirent à rire aux éclats. À une heure du matin, au moment de partir, elles étaient inséparables. Un conservateur et des néo-gauchistes avaient scellé leur entente.

Samedi, très belle matinée. Une mer calme. Guillaume nous exhorte, la Schiffterina et moi, à faire avec lui une longue nage depuis la plage du Miramar jusqu'au dernier rocher de la Grande Plage. Bonne idée. Dans les minutes qui suivent, nous voilà tous trois longeant le rivage à cent mètres de distance. Françoise crawle en tête. Beau style, bon rythme. Guillaume et moi en restons à une brasse pépère, ce qui nous permet de bavarder de choses et d'autres – et, quant à moi, de ne pas laisser la phobie du malaise me pincer les nerfs. Aux cinquante derniers mètres environ, j'ai baissé mes lunettes de nage sur mes yeux et, cette fois d'un crawl soutenu j'ai atteint sans fatigue le rocher de l'arrivée. Nous sommes revenus à l'HP pedibus, fiers de notre exploit anti-olympique avec l'espoir de n'avoir pas englouti un cocktail salé de bactéries marines.

Dimanche, après le restaurant, j'ai invité nos amis Nori, Chantal et Franc, à boire une coupe de champagne *at home*, sur la terrasse. Très vite, je ne sais comment, une polémique surgit entre Claudio et moi à propos de la prétendue influence, au XIXe siècle, de la photographie sur les peintres en général et les Impressionnistes en particulier. Je conteste le terme d'influence. En art, dis-je, on parle d'influence quand un maître, une école, un courant, exerce un ascendant esthétique sur tel ou tel artiste. Or au XIXe siècle la photographie n'est qu'une innovation technologique et nul technicien au fait de cette nouveauté n'est pour autant artiste. Ce ne sont pas les pionniers du daguerréotype ni ceux de l'instantané qui *influencent* le regard des peintres – même si, en revanche, ceux-ci voient dans cette trouvaille le *moyen* de faciliter certaines tâches, comme amasser de la documentation iconographique légère et portative (images de monuments, de sculptures, de visages, de modèles, etc.) et, aussi, bien sûr, quand ils se servent eux-mêmes d'un appareil, de jouer avec les prises de vue afin d'obtenir de meilleurs effets sur leur toile. Que l'invention de la photographie, dès le XIXe, ait joué un rôle pratique et matériel dans le travail des peintres n'est pas niable, mais rôle ne signifie pas *influence*, d'autant que, à cette époque, les premiers photographes étaient des peintres et qu'ils cherchaient à continuer la peinture par un autre moyen – les meilleurs exemples étant, avec une réussite discutable, Degas et Bonnard. Lors de cette *disputatio*, je ne pouvais donc que donner raison à Baudelaire quand il écrivait que la photographie était « l'humble servante de la peinture ». J'eus le sentiment que mes propos n'ont guère plu à l'ami Claudio qui place très haut, et pour cause, la photographie, et qu'il a dû considérer que je parlais en ignorant. En réalité, tout ce que je disais m'était dicté par la certitude que même si depuis le XXe siècle la photographie est devenue l'un des beaux-arts, un photographe, pour être bon, doit posséder sinon un regard de peintre, du moins un regard préparé par une bonne culture picturale.

La peinture se nourrit de tout ce qui n'est pas peinture.

En repensant au débat avec les Nori, je tiens de plus en plus pour moi que l'idée que la peinture moderne a été influencée par la photographie procède d'une pensée… paresseuse. Les plus têtus qui la défendent brandissent le cas d'Edward Hopper. La tentation est grande de voir dans l'œuvre du peintre – dont les reproductions de tableaux s'affichent partout – une sorte de vaste album photographico-pictural de l'Amérique des années 1930-1940-1950. Or, Hopper ne s'est soucié que de peinture, du métier qui exige patience et maîtrise pour mettre des formes et des couleurs sur une toile vierge tendue. Lui-même ne se réfère jamais à la photographie mais uniquement à la peinture. En revanche, Hopper admettait son goût pour le cinéma mais, là encore, si on parle d'influence ou de réminiscences, il fut toujours en avance d'un temps – comme en témoignent, parmi une foultitude d'exemples, le tableau intitulé *Maison près de la voie ferrée* datant de 1925 dont le célèbre motif réapparaîtra en 1960 sous la forme du menaçant motel de *Psycho* de Hitchcock ou *Les Oiseaux de nuit* peint en 1942 que Siodmak « citera » en 1946 dans un plan de son film *Les Tueurs*. Quand on visite une exposition de Hopper on ne songe pas à un étalage d'instantanés. On a le sentiment de voir une collection de natures mortes humaines tant les personnages statufiés, esseulés, les yeux inexpressifs, coincés dans des décors sans âme semblent vidés de tout désir.

Prêter aux livres, comme le font les nazis, ou d'autres, un pouvoir maléfique sur l'esprit. Quelle naïveté…

Hier et aujourd'hui, petits orages pluvieux. Le parc en est tout ragaillardi. Les eucalyptus donnent des petites feuilles du même vert tendre que celui des bambous qui avaient jauni. Les hortensias redressent la tête. Les pittosporums et le grand albizia de l'entrée enchantent l'air. Finalement, il n'y a que la grande santé des végétaux pour embellir mon humeur.

Suite à l'un de mes billets publié sur l'internet, Guy Karl, un ami palois, m'a écrit une lettre ouverte :

> Votre dernier article, cher Frédéric, m'a fait beaucoup songer. Vous demandiez à quoi peut bien servir la philosophie si elle ne soigne aucun des maux du genre humain, ne soulage nulle douleur, et en somme ne contribue en rien au bonheur. Votre

réponse, fort attendue du reste, tomba comme un couperet : à rien. Ma foi, je ne saurais vous donner tort. J'envisageais d'approfondir un peu la question en interrogeant plus avant le sens de ce « servir » (être utile ou s'asservir ?), servir à quoi, à qui, selon quel dispositif de forces etc. Puis je jugeai tout cela un peu rebattu, quand me vint l'idée que dans cette affaire il s'agissait de tout autre chose. Je fis donc tourner la pièce d'un quart de tour, et résolus de m'adresser à vous, que je connais un peu par vos livres, vos articles et vos présentations, en qui je reconnaissais – à tort peut-être – une certaine similitude de parcours et de destin, en tout cas une certaine sensibilité au questionnement. Au fil de mon texte je m'apercevais que cette problématique dépassait largement nos modestes personnes, et pouvait intéresser plus avant. D'où le choix de la lettre ouverte, la première que je fasse, non sans hésitation et scrupule. J'espère que cette adresse au plus vaste domaine de la pensée aura votre agrément.

Se demander si la philosophie peut bien servir à quelque chose c'est se placer d'emblée en dehors de la démarche philosophique, en procureur qui exige des réponses de la part d'un accusé. Celui qui la pratique ne raisonne pas en ces termes. Il peut bien d'aventure connaître des moments de fléchissement, de doute, voire de désespoir, mais il revient assez vite au métier, car au fond il ne peut faire autrement, pas plus qu'un peintre ou un poète ne peut cesser son activité. Il y va de son équilibre et de sa santé mentale. Il y a engagé son désir fondamental, comme d'autres vouent leur existence à l'amour, à la conquête ou au pouvoir. Cela ne s'explique jamais clairement, et pour le philosophant lui-même cette question reste largement insondable. Le désir n'est pas le plaisir, et si tel lecteur éprouve du plaisir à lire des philosophes, comme d'autres aiment fréquenter les galeries ou les musées, ce n'est pas le plaisir comme tel qui motive la quête philosophique, d'autant qu'elle apporte son lot d'incertitude, de déception inévitable. Plaisir, il en a quand soudain une idée neuve surgit, ou un rapport inaperçu, quand l'espace de la pensée s'ouvre à l'infini. Ce sont de belles gratifications. Mais l'enthousiasme est de courte durée, et la vie ordinaire continue de peser de tout son poids. La pensée ne change pas la vie, ne garantit nul bonheur. Nous ne pouvons plus croire les Anciens qui estimaient que la philosophie doive réconcilier harmonieusement la vérité et la félicité. Nous mesurons plutôt l'étendue de la faille qui travaille en profondeur dans le cœur de l'homme, qui le sépare d'un bonheur rêvé et lui fait prendre la mesure de sa caducité. Le projet de vérité, qui est au principe de la philosophie, condamne le philosophant à l'amertume de la désillusion, dont il peut ne jamais se relever. Il découvre le hiatus infranchissable qui sépare le désir et le réel. Voilà le nœud de la question : comment vivre, et l'on ne vit jamais que de désirer, avec la conscience lucide de la séparation. Si le désir vise le bonheur, le réel en démontre l'inanité. Si le désir peut faire le deuil du projet de bonheur, il pourra arpenter le champ ouvert, l'entre-deux, dans l'incertitude de soi et du monde, et à défaut de bonheur y puiser le courage de la lucidité.

Mais je vois que je me perds dans le général. Je voulais serrer au plus près la nature de cet étrange désir de philosophie qui survit à toutes les déconvenues. S'il ne peut s'agir d'un désir de bonheur, lequel est décidément frustré, c'est qu'il s'agit d'autre chose.

Désir de savoir ? Mais non point de ces savoirs qui intéressent la science, savoirs toujours particuliers, et indifférents, en somme, à celui qui interroge la vie, la sienne propre au premier chef, et qui comme Schopenhauer consacre sa vie à en élucider le mystère. Pourquoi ce désir, qui ne semble pas habiter le commun des mortels, qui peut sembler injustifiable, et de toute manière voué à la déception ? J'y vois quelque rapport à la question du père. Quelque chose fait défaut dans le rapport entre l'ordre du langage et l'ordre du réel, comme si la jointure ne s'était jamais faite – par défaut, par manque, par omission, par négligence, qui sait, et comment savoir – toujours est-il que ce capitonnage indispensable, qui assure un fondement à l'ordre du récit ne fonctionne pas, ou ne fonctionne pas tout à fait comme chez les autres. C'est comme une béance, une faille, qui fait que tout discours est frappé dès l'origine d'une sorte de suspicion : pourquoi ceci plutôt que cela, pourquoi ce mot plutôt qu'un autre, et de la sorte tout l'édifice du discours semble vaciller sur ses bases.

Cette disposition singulière ne va pas sans inconvénient : elle prédispose le malheureux qui en est affligé à une somme variable de douleurs que ne connaissent peut-être pas ses semblables, en particulier une propension à l'anxiété, au pessimisme, au tædium vitæ. Et avec cela une forte exigence de vérité, car celui-là est résolu à ne pas s'en laisser conter, à ne pas se satisfaire des boniments usuels. Ce qui est une faiblesse se renverse en force intellectuelle, en exigence, en persévérance. Cela ne fait pas un homme heureux, mais un courageux, au moins dans les choses de l'esprit et du sentiment. Et puis voilà encore autre chose, assez inattendue : ce qui paraissait une sorte d'anomalie psychologique – je veux dire cette béance vécue entre le symbolique et le réel – à y réfléchir plus avant, n'est nullement une singularité d'exception, un ratage pathologique, mais le lot commun, un fait de structure, une réalité incontournable chez tout être parlant. Simplement, chez la plupart, cela ne se voit pas, ne se ressent pas, parce que l'éducation s'est ainsi faite que l'illusion d'une conformité des deux ordres s'est maintenue au fil du temps : les choses semblent en place, le doute n'a pas rogné l'heureuse conformité des mots et des choses, les valeurs paraissent assurées, et s'il y du malheur de par le monde les choses finissent toujours par s'arranger. Discours normopathique, discours creux, qui soutient sous une forme ou une autre tous les poncifs de l'idéologie. Mais de cela, nous les sceptiques indécrottables, sommes à jamais délivrés. Je ne vois nul domaine où cette précoce et décisive vérité puisse se rencontrer et se vérifier si ce n'est dans la pratique philosophique, telle que je l'entends.

Il y a longtemps, cher Frédéric, que je rêvais de vous écrire, mais je ne savais pas trop à quel titre et à quelle occasion. J'ai suivi pas à pas vos dernières publications, et je me sentais souvent en résonance, ce qui ne m'autorise à rien et ne justifie rien. Aussi pouvez-vous fort bien vous irriter de mes propos, ou les tenir pour non avenus. Je ne m'en formaliserais pas. Cette lettre que j'ai écrite aujourd'hui m'importe beaucoup, elle en dit beaucoup sur moi-même, mais il n'est au fond pas étonnant que j'ai tenu à préciser mes idées sur l'intérêt de la philosophie, comprise comme aventure personnelle et parole publique, selon l'exigence de vérité.

Cher Guy Karl,

J'ai lu avec attention et plaisir la lettre ouverte que vous m'avez adressée. Il s'agit d'une réponse à la question : À quoi sert la philosophie ? Or, dans le billet que j'avais publié, la question, que, d'ailleurs, je ne posais pas moi-même, était : À quoi sert un philosophe ? Vous m'objecterez peut-être que la nuance est bien mince et que, pour reprendre vos mots, l'une ou l'autre des formulations revient « à se placer en dehors de la démarche philosophique, en procureur qui exige des réponses de la part d'un accusé ». [...] Qu'elle soit posée par un esprit non philosophe et, même, prévenu contre les philosophes, la question : « À quoi sert un philosophe ? », demeure une question qu'un philosophe peut s'adresser, soit à la suite de l'interpellation d'un philistin, soit en vertu de son propre esprit d'interrogation. À vrai dire, je ne me la suis jamais posée parce que d'instinct, ou par préjugé, j'avais la certitude qu'un philosophe était un homme parfaitement inutile et que, m'éprouvant moi-même sans honte comme tel, et déterminé à ne jamais contrarier ma vocation, il me semblait normal non pas de devenir philosophe mais d'étudier la philosophie et, pourquoi pas, à mes moments perdus, fort nombreux, de philosopher. Ainsi, cher Guy, cette précision de la question initiale faite, je dirai que je suis en accord avec le reste de votre propos quand vous évoquez les motivations profondes qui poussent un individu à philosopher, c'est-à-dire à faire quelque lumière dans le gouffre platonicien où le hasard l'a fait chuter et où il s'est blessé. Comme pareilles motivations l'entraînent dans une entreprise vouée à de piètres résultats, elles relèvent d'une autre nature que cette aimable curiosité qui, par exemple, anime les gens inscrits à des cours ou des conférences délivrés dans des para-universités. Vous noterez cependant que ce sont ces badauds-là dont la connaissance des auteurs ne dépasse jamais le ouï-dire qui attendent beaucoup de la « philo », comme ils disent – du sens, des recettes de vie, de beaux messages, etc. [...] Peut-être écoutent-ils un maître qui leur indique des philosophes, mais, comme l'idiot du proverbe chinois, au lieu de regarder la lune ils admirent le doigt qui la montre. Cela signifie-t-il que pour se contenter de si peu les amateurs de « philo » et, au-delà, les indifférents, seraient des sujets sans faille, sans fragilité, sans ratage ? Que leurs intérêts intellectuels ne procèderaient pas d'un fond de détresse ? Pour renverser la formule de Schopenhauer, ces humains seraient-ils des animaux en bonne santé ? Comme vous l'écrivez avec justesse, ce n'est pas le cas : « *Simplement, chez la plupart, cela ne se voit pas, ne se ressent pas, parce que l'éducation s'est ainsi faite que l'illusion d'une conformité des deux ordres* [du réel et du symbolique] *s'est maintenue au fil du temps : les choses semblent en place, le doute n'a pas rogné l'heureuse conformité des mots et des choses, les valeurs paraissent assurées, et s'il y a du malheur de par le monde les choses finissent toujours par s'arranger. Discours normopathique, discours creux, qui soutient sous une forme ou une autre tous les poncifs de l'idéologie.* » Reste, cher Guy, le métier que nous avons pratiqué tous deux, celui d'enseigner la philosophie à des consciences juvéniles. Là encore, pour ma part, en commençant ma carrière, je savais que je me vouais à une tâche stérile. Enseigner la philosophie c'est délivrer un savoir qui n'en est pas un à des gens qui, pour cela même, n'en veulent pas. J'y ai vu quelque temps, celui de ma jeunesse, une forme d'héroïsme chic, mais, assez vite, le héros s'est fatigué. Aujourd'hui il mord la poussière. Loin de moi l'idée que la philosophie n'a aucun intérêt, au contraire. Même si c'est dans une moindre mesure, je lis toujours les auteurs anciens et modernes – jamais les contemporains, sauf Clément Rosset – et, si j'aime à parler d'eux, c'est uniquement avec des gens qui les ont lus et compris. La philosophie est affaire de gens cultivés. Non tant en raison de la complexité des œuvres, qu'en raison même de la rareté du désir de philosopher, elle ne peut concerner qu'un tout petit nombre d'intelligences. Tout professeur de philosophie honnête ne peut qu'approuver Ortega quand il dit : « *la philosophie n'est pas impopulaire parce qu'elle est difficile ; elle est difficile parce qu'elle est impopulaire* ».

Je vous remercie, cher Guy, de m'avoir écrit. Vous m'avez donné l'occasion d'échanger avec un ami.

Le meilleur pour vous,

Frédéric

Hier soir, *L'Amour en fuite* de Truffaut. Le dernier épisode de la série des Doinel. Magnifique séquence quand, dans le rapide qui file vers Lyon, Colette (Marie-France Pisier) lit le livre d'Antoine (Jean-Pierre Léaud) : *Les Salades de l'amour*. Comme il s'agit d'un récit autobiographique dans lequel Antoine relate le coup de foudre qu'il eut pour Colette, on voit alors cette femme moderne repartir en pensée vers son passé bien plus vite que le train où elle se trouve ne l'achemine vers son avenir. Bel hommage de Truffaut à la littérature – cet art qui joue avec le temps et se joue de lui. Plus tard, dans le film, autre séquence où il est question de roman. Antoine frappe à la porte de Sabine (Dorothée) pour lui demander pardon de n'être pas venu à leur rendez-vous de la veille. Fâchée, elle ne lui ouvre que la fenêtre de son salon qui fait face à celle du palier où se tient Antoine. Quand celui-dit dit à Sabine qu'il regrette sa goujaterie et qu'il est prêt à changer la fin de son roman en chantier, de faire en sorte que son héros ne se suicide plus, sa maîtresse boudeuse lui rétorque : « *C'est une bonne chose. Il ne faut pas pousser les autres au désespoir quand on s'arrange soi-même de la réalité. Et puis il ne faut pas faire semblant de détester la vie quand on tient à elle.* » J'ai retenu cette réplique comme si elle m'était adressée, moi qui passe mon temps vautré dans le pessimisme.

Samedi. Au courrier, une lettre du conseil de révision qui me déclare inapte au service. Soulagement. Je vais m'appartenir entièrement. Chaque jour sera à moi. J'en dégusterai les heures au point de ne plus les distinguer. Je vais m'ennuyer avec volupté. Dormir, lire, aimer, écrire, flâner : mon véritable métier.

Ce que cette mise hors-service va m'apporter de plus agréable, c'est de ne plus faire d'effort de sociabilité, avec les enseignants – l'horreur de ce mot ! –, avec les élèves, leurs pénibles parents, le personnel de direction, les surveillants généraux, bref, avec la population qui grouille dans un lycée.

La question qui revenait souvent dans la bouche de tel ou tel *enseignant* : « Alors, t'écris toujours ? ». Comme s'il me demandait : « Alors ? Tu fais toujours de la randonnée ? »

Lu le roman de Jean Le Gall *Les Lois de l'apogée* (Robert Laffont). Le récit garde un ton désenchanté et élégant de bout en bout. Il y est question du milieu de l'édition, des affaires, de la politique. Mais c'est avant tout une parabole sur la fausseté des sentiments, la fausseté des convictions, la fausseté de la littérature, et ce, sans que l'on sente la moindre indignation ni le moindre cynisme. D'ailleurs, le personnage central, Jérôme Vatrigan, en est lui-même incapable, lui dont le meilleur moment de l'existence consiste à prendre place dans son fauteuil cabriolet avec un verre de « *scotch de basse extraction* » mélangé à un jus de citron vert, et, ainsi, légèrement enivré de ce cocktail, à « *s'ébrouer dans les eaux douces de la divagation* ». Jean Le Gall évite la satire. C'est le roman d'un moraliste, c'est-à-dire d'un spectateur avisé du manège des apparences.

Je dois mon air d'*inactuel* à la mélancolie.

La meilleure façon de ne pas avoir une connaissance livresque de la philosophie est de ne lire aucun auteur.

Retz décrit La Rochefoucauld comme un... *irrésolu* – un irrésolu qui chercha à l'étrangler avec les deux battants d'une porte et dont le geste fut arrêté non par irrésolution mais par l'intervention de deux gentilshommes.

La différence entre Retz et La Rochefoucauld ? Le premier était prêt à tout – aux intrigues, aux compromissions, aux trahisons – par goût du pouvoir, alors que le second touchait à tout – aux armes, aux femmes, aux lettres – par ennui. « *Sans se piquer de rien* ».

Septembre 2016

Septembre prend ses quartiers. Le matin, la lumière, les couleurs, la fraîcheur, annoncent une ambiance estivale apaisée. Douce mélancolie de l'été vieillissant.

L'autre jour, je suis reparti du Bookstore avec *Phèdre*. J'achète parfois en livre de poche une pièce du théâtre classique. Non seulement je relis avec plus de soin une œuvre que j'ai un peu oubliée, mais surtout je dépayse mon esprit en retrouvant une naïveté littéraire perdue. Racine *reprend* Euripide ou Sénèque mais, chez lui, pas de simagrées expérimentales ou ludiques visant à *citer* ces auteurs. Il compose des alexandrins mais qui s'effacent dans la lecture ou l'interprétation de la pièce. Son affaire, ce n'est pas l'« intertextualité », c'est la misère de l'humain esclave de ses passions.

L'hystérie estivale déclenchée par l'affaire du burkini m'a beaucoup diverti. Les identitaires franchouillards de droite et de gauche ont pu couiner contre le Musulman. C'eût été pour moi un complet régal si j'avais pu entendre, comme au bon temps du film de Boisset, *Dupont Lajoie*, les qualificatifs de « bicots », « bougnoules », « melons », « crouilles », « crouillats », « ratons », etc. Mais non. Les identitaires franchouillards font désormais dans le sous-entendu. « Musulman ». Le mot, il est vrai, fait son petit effet. On entend moins une injure qu'une menace. Un bougnoule, on pouvait le passer à tabac et jeter son cadavre dans la Seine. Un Musulman, ça vous égorge, vous mitraille, vous dynamite. Le bougnoule, on le terrorisait, tandis que le Musulman, c'est lui qui terrorise. Si, donc, l'intérêt idéologique du mot « musulman » ne m'échappe pas, il n'en demeure pas moins que le discours de la stigmatisation a perdu de son pittoresque. Rien n'oblige les identitaires franchouillards à réutiliser les vieilles injures des pieds-noirs, mais eux si prompts à dénoncer le « politiquement correct » ou la « bien-pensance » manquent de courage et de talent dans l'expression de leur ressentiment. Rien de plus lâche de la part d'un journaliste, d'un intellectuel, d'un politicien, que d'invoquer la « valeur de la laïcité » pour accuser le métèque mahométan de s'attaquer à notre civilisation. D'aucuns qui se flattent d'écrire, feraient mieux de se coiffer d'Albert Caraco qui, s'il ne faisait pas mystère de haïr l'humanité en général, en vomissait des échantillons en particulier. « *Je suis Raciste et Colonialiste*, déclare-t-il dans *Ma Confession. Je crois en l'inégalité des hommes et je professe la nécessité de les réduire en servitude quand ils sont déplaisants, barbares, ignorants ou pauvres.* » C'est ainsi, précise-t-il, qu'à l'égard « *des Arabes et des Nègres, le meilleur argument sera toujours la trique et la meilleure philosophie le Racisme, ces gens sont des sous-hommes, pour s'en convaincre il suffit de les regarder et de les lire, ce qu'ils débitent sont des âneries sonores, ce qu'ils ont d'estimable est le produit du vol, l'Afrique est destinée à l'esclavage comme nos intestins à véhiculer nos ordures* ». C'est avec plaisir que je lirai *Causeur*, *Valeurs actuelles*, *Le Figaro* quand ces journaux auront trouvé leur styliste de l'islamophobie.

Dimanche beau temps sans faux-semblant. Journée piscine. 1 km de nage. Facile – comme si j'avais incorporé les longueurs.

Il faudra que je tente 1,5 km. Comme l'HP s'est vidé de ses pensionnaires, nous avons pu occuper deux transats en front de mer. La position allongée avec la tête surélevée et l'ombre d'un parasol, voilà de bonnes conditions pour lire ou ne pas lire.

Noté ceci en levant de temps en temps les yeux vers les vagues et les surfeurs :

Il y a pire que lire un mauvais livre, c'est d'en lire un médiocre. Le mauvais livre, on l'abandonne dès les premières pages. On le range dans un coin et on le donnera plus tard à une bibliothèque où il pourra trouver un amateur. Le livre médiocre, avant de subir le même sort, parvient à vous attendrir quelque temps. Alors qu'on s'apprête à le refermer une fois pour toutes, il offre un passage intéressant qui laisse penser à une amélioration. On en reprend la lecture avec l'espoir de s'accrocher enfin au récit. Mais rien de tel ne se produit. On s'en veut d'avoir perdu des heures précieuses. En littérature comme en tout, la médiocrité n'appelle aucune indulgence.

Lundi matin, retour à la piscine de l'HP. Je me suis dégonflé. Je n'ai pas dépassé mon kilomètre de nage habituel. Le problème, quand on nage, c'est qu'on a du mal à penser pendant l'effort. Par « penser » je ne veux pas dire cogiter ou philosopher, mais laisser sa pensée divaguer. Le fait d'avoir la tête sous l'eau entrave les idées vagabondes ou concentrées. L'esprit est tout à ce que le corps s'évertue à bien exécuter – le crawl ou la brasse. Comme dirait Montaigne, quand je nage, je nage – ce qui n'est pas le cas quand je surfe ou quand je cours. Dans le surf – enfin, tel que je le pratique –, il entre plus de contemplation que d'action. Dans la course à pied, ma pensée parvient à se concentrer aussi bien que lorsque je me trouve devant mon bureau. Finalement, nager est le moyen le plus efficace de ne penser à rien, raison pourquoi, en dehors de la bonne fatigue physique que l'on éprouve après avoir fait le hamster aquatique durant près d'une heure, l'âme se sent reposée.

À propos d'âme, je constate que de plus en plus de gens, pas forcément limités, parlent avec sérieux de la méditation et de ses vertus ataraxiques. Croyance dans les pouvoirs de l'esprit avalisée par les diafoirus des neurosciences. Bouddhisme et IRM. Superstition et positivisme.

Mieux que méditer, je fais des siestes. Quand Pascal dit que tout le malheur des hommes vient de ce qu'ils ne peuvent rester en repos dans une chambre, il sous-entend que les nuisances qu'ils s'infligent procèdent de leur inextinguible désir d'agir. Moi qui passe au contraire le plus clair de mon temps dans ma chambre, je ne serais pas surpris de recevoir un jour le prix Nobel de la paix.

Avant-hier, je recevais les *Jours de gloire* de Fabien Sanchez. Un recueil de nouvelles. Lu avec plaisir. En dehors de l'écriture romanesque, Sanchez s'essaye à celle de scénarios. Il a raison. Ses histoires racontent comment se brisent les rêves de jeunes hommes captifs de leur enfance peu glorieuse et chacune se lit comme si on visionnait un drame sous la forme d'un « court ». Un style efficace et poétique.

Après *Sur le Blabla et le Chichi des philosophes*, les Presses Universitaires de Berlin (BUP) viennent de publier le *Bluff éthique*, avec, en sous-titre, *Contre les marchands de sagesse*. Cela donne : *Der ethische Bluff – Gegen die Händler der Weisheit*. Étrange sensation d'avoir en main l'un de ses livres traduit en allemand (par les soins de Corina Popp). Cette langue est impressionnante. Surtout quand, et c'est mon cas, on n'y comprend goutte. Certes, il existe une traduction slovaque de *La Beauté* et une autre coréenne de *Philosophie sentimentale*, mais, aussi exotiques soient-elles, ces éditions en imposent moins que des titres en allemand. Même le *Blabla : Über das Blabla und das Chichi der Philosophen*. Cela sonne comme un manuel de métaphysique prussienne.

À propos de philosophie allemande, j'apprends qu'un dénommé Emmanuel Faye vient de commettre un pensum pour montrer que Hannah Arendt est coupable d'avoir contribué plus que tout autre intellectuel, après 1945, à la diffusion planétaire de la pensée de Martin Heidegger. Outre l'amour que, jeune étudiante, elle eut pour son professeur nazi, Hannah Arendt, selon Faye, demeura d'une coupable indulgence à son égard. Il lui fait non seulement procès d'avoir été la maîtresse juive d'un professeur nazi, mais de ne l'avoir jamais ni condamné ni renié, pis, même, de n'avoir élaboré son interprétation du national-socialisme et son concept de « banalité du mal » que dans l'optique d'exonérer Heidegger de toute responsabilité dans ses fonctions universitaires sous le IIIe Reich. Ainsi apprenons-nous que le CNRS recrute des procureurs en les coiffant du titre de chercheurs. Que Heidegger fut nazi et que Hannah Arendt fut fidèle à la mémoire de son amant, nul besoin d'être au CNRS pour le savoir. De même, nul besoin d'être un chercheur mais seulement un lecteur de bonne foi de Heidegger et de Hannah Arendt pour savoir que l'une n'était pas la disciple de l'autre. Les *Origines du totalitarisme*, la *Condition de l'homme moderne*, la *Crise de la culture* et *Eichmann à Jésuralem* ne sont en rien des ouvrages qui font écho à *Être et Temps*. Aucun des développements arendtiens sur le travail, la politique, l'éducation, la violence, la désobéissance civile, le mensonge, l'amitié, etc., ne s'apparente à un thème heideggerien. Le *Heimat*, l'*Historial*, l'*Authenticité*, l'*Être-pour-la-mort*, etc., ne se retrouvent pas dans l'œuvre de Hannah Arendt. Les auteurs qu'elle invoque le plus souvent sont Platon, Aristote, Augustin, Machiavel, Marx, Weber. L'ontologie ne l'intéresse pas. C'est une philosophe politique et un auteur de *kulturkritik*. Il n'y a que dans le recueil *Vies politiques* où, parmi les portraits de Rosa Luxembourg, Karl Jaspers, Walter Benjamin, Bertolt Brecht, et d'autres, il est question, *in fine*, de Heidegger. Ce n'est donc pas par cet article d'une quinzaine de pages, écrit en 1969, que Hannah Arendt a forgé la « célébrité mondiale » de Heidegger – laquelle, notamment en France, était établie dès les années 1940 par Sartre. Quant à accuser Hannah Arendt d'avoir conçu la notion de « banalité du mal » pour « exonérer » Heidegger de sa soumission à la bureaucratie nazie, relève d'une mauvaise foi totale. Pour Hannah Arendt, le mal originel d'où procède et par quoi se maintient la coercition totalitaire est de ne pas penser. En adhérant au nazisme, Heidegger, en sa qualité de penseur, se montra, aux yeux d'Arendt, plus coupable que tout autre Allemand ayant abdiqué cette première qualité humaine-là. Elle fut sévère à son égard sans pour autant oublier que, malgré cet épisode peu glorieux, Heidegger fut le temps de sa prime jeunesse, son amour et son maître – mémoire sentimentale que Faye, tout à sa volonté de nuisance scientifique, ignore.

Parfois, il suffirait de peu pour que je verse dans le fanatisme meurtrier – même d'un peu de religion.

Françoise me demande s'il m'arrive de regretter de n'avoir pas été plus ambitieux, de n'avoir pas visé, par exemple, un poste à l'université ou, de n'être pas allé vivre à Paris pour y faire valoir mon talent de plume. De tous mes défauts, le manque d'ambition est le plus marquant et de n'en éprouver nul regret aggrave mon cas. Je ne me suis jamais soucié de mon avancement de carrière dans l'enseignement, moins, encore, d'intriguer dans le milieu littéraire parisien. En devenant professeur de philosophie, je me suis arrangé à bénéficier d'une sorte d'emploi fictif et écrire n'a jamais été pour moi qu'une manie. L'ambitieux se donne la peine de parvenir à ses fins et c'est une énergie que je n'ai pas. Durant les années passées à étudier puis à enseigner, j'ai côtoyé des gens déterminés à *aller loin*. Quand je parlais avec l'un d'eux et qu'il me faisait part de ses projets d'ascension ou de promotion, j'éprouvais une légère frayeur. *Aller loin*... Mais encore ? Plus loin que la tombe ? Chez les écrivains de même que chez les enseignants, les ambitieux ne manquent pas. En dehors de leur travail d'écriture, ils passent de longues heures à élaborer des stratégies de succès. Là encore, quand je me trouve en présence de l'un d'eux, je ne me sens pas à mon aise. Enseignant, écrivain, mais aussi bien artiste, militant, sportif, homme d'affaires, dirigeant d'entreprise, que sais-je, l'ambitieux me paraît monstrueux tellement il est étranger à ma sensibilité. Obnubilé par l'avènement social de son moi, il considère le temps qui passe non comme la vie qui s'écoule et s'épuise, mais comme l'élément dont il lui faut organiser le cours à force de manœuvres zélées. Occuper son temps à occuper le terrain... Si l'ambitieux m'effraie, je suppose qu'en retour un type dans mon genre doit lui flanquer de l'allergie. Se laisser vivre... une morale de parasite.

Hier soir, dîner à l'auberge Ostalapia à Ahetze, avec les Djian et Guillaume – qui s'est échappé de Paris pour 24h. Soirée joyeuse. La conversation a roulé sur les avantages ou les inconvénients de vivre au Pays basque. Nous comprîmes que par inconvénients Guillaume désignait le désert culturel où nous nous prélassions loin de Paris où l'on propose tant de spectacles, d'expositions, de concerts. Philippe lui a répondu que, parfois, en effet, Paris lui manquait. Anné et Françoise aimeraient y aller bien plus souvent. Moi aussi, ai-je dit, mais non pas parce que je passe à côté d'événements culturels mais parce que j'aime y faire du shopping. Je regrette de ne pas habiter Paris quand je veux renouveler ma garde-robe. Une veste, une chemise ou une paire de chaussures trouvées à Saint-Germain ont pour moi plus de chic que si je les achetais à Bayonne ou à Biarritz. J'ai bien vu qu'en énonçant ce propos marqué d'un aussi triste provincialisme, je consternai Guillaume – qui estime, à raison, que le vrai chic ne s'achète qu'à Londres. J'ai dû m'enfoncer en ajoutant que depuis l'enfance j'étais pris au piège de la douceur de vivre du Pays basque et que jamais je n'avais tenté de m'en libérer. Philippe, qui vient de faire l'acquisition d'une maison à Anglet, déclara qu'il avait lui aussi succombé depuis longtemps au charme d'une existence rythmée par les marées et qu'il écrivait mieux ses romans entre l'embouchure de l'Adour et le Jaïzquibel que partout ailleurs. À la fin du repas, le restaurateur nous a offert le champagne. Nous levâmes tous notre coupe en hommage à l'arrière-saison de nos vies qui commençait.

Samedi, réveil un peu poussif. En cause : le vin et le champagne du dîner de la veille. Remède à la gueule de bois : aller nous ébrouer dans les vagues fraîches et puissantes de la Grande Plage. Guillaume nous avait précédés. Déjeuner au buffet de l'HP. Sieste sur les transats. De nouveau un bain de mer. Guillaume a pris l'avion de 18 h 30.

Dimanche. Session matinale. Paresse et volupté. J'invite la Schiffterina à se rendormir le temps que j'aille acheter des viennoiseries. Pour elle le meilleur épilogue de l'amour est que je lui apporte des petits pains au chocolat servis avec un thé. J'ouvre les persiennes coulissantes. Belle avancée de l'automne. La nuit dernière il a plu et le vent s'est énervé. En traversant le parc, je marche sur des feuilles et des brindilles qui n'ont pu résister aux gouttes pesantes propulsées par les rafales. La température reste douce – loin des 30° de la journée précédente.

Quand on passe le portillon donnant accès au parc, on entre dans un cocon végétal qui isole aussitôt le visiteur du monde environnant. L'étroit chemin bordé de platanes hauts et feuillus prête au lieu une allure de XIXe siècle. On ne serait pas surpris de voir apparaître un joli modèle de Paul-César Helleu coiffé d'un chapeau de paille fleuri, ombrelle ouverte à la main, prêtant le bras à un monsieur élégant portant canotier. Pour combien de temps encore existera-t-il de minuscules paysages de ce genre où se produisent des sortilèges qu'on appelle des réminiscences ?

Mort du grand rabbin Yosef Haïm Sitruk. Il n'a pas survécu à la Gay Pride de Tel-Aviv.

Vendredi 30 septembre 2016. Le 30 septembre 1966, mon père mourait à l'âge de quarante-huit ans dans les bras d'une femme qui n'était pas ma mère. J'ai raconté cet épisode dans *On ne meurt pas de chagrin*. Le livre est paru en janvier dernier. Or j'aurais aimé qu'il sortît ce mois-ci pour marquer le cinquantenaire de ce drame. Comparé à des tragédies historiques qui ont dévasté les existences d'autres enfants, celle-ci, j'en ai conscience, survenue quand j'avais neuf ans, paraît minuscule. Mais, aussi minuscule soit-elle, elle est à l'origine de ma personnalité. Le jour où mon père disparaît, mon « moi » apparaît. Il meurt, donc je suis. J'ai lu chez des philosophes que le « moi » n'était qu'une illusion de notre conscience, que nous passerions par des étapes de la vie où un moi succèderait à un autre, que notre moi, en somme, ne serait jamais le même. À ces philosophes, je rétorquerai : le moi de l'enfant que j'étais avant la mort de mon père n'existe plus, mais le moi de l'enfant de neuf ans que j'étais le jour de sa mort existe toujours. C'est le moi du sexagénaire que je suis devenu.

Alors qu'avec les années mon apparence physique s'est modifiée, en revanche mes goûts et mes dégoûts, mes pensées et mes humeurs, mes idées et mes états d'âme sont restés intacts, invariables, figés. Non seulement nulle lecture, nulle rencontre, nul enseignement, nul voyage, que sais-je encore, n'a jamais changé mon moi depuis le 30 septembre 1966, mais tout cela n'a eu pour effet que de le conserver tel quel. Voilà pourquoi, même si je ne devrais pas prendre mon cas pour une généralité, il m'a paru toujours évident que le moi, loin d'être une fiction, est un destin, et que, si chacun voulait corriger tel ou tel aspect du sien, il lui faudrait prier Dieu plutôt que de compter sur son libre-arbitre. Mais au fond de soi chacun sait que Dieu laisse faire le hasard qui ne relance jamais les dés.

Il faudrait que je fusse à l'oral tel que je suis – ou m'efforce d'être – à l'écrit : bref. Que je parlasse par fragments. Dès que je range mon stylo pour ouvrir la bouche, je me répands.

S'il y a un dieu chargé de récompenser un mortel assez héroïque pour s'attaquer à un livre rasoir, j'espère qu'il aura un geste pour moi. Je viens de tourner, enfin, la dernière page du pensum de Samuel P. Huntington *Le Choc des civilisations*. À force d'entendre les têtes plates islamo-peureuses le citer en toute occasion, j'ai voulu m'en faire une idée. À mesure que je progressais dans les chapitres, je me rendais compte que lesdites têtes plates parlaient de leur bréviaire alors qu'elles ne l'avaient jamais ouvert. Sans se soucier le moins du monde de son contenu, elles pensent tenir là, dans ces pages émaillées de schémas et de courbes, une sorte de rapport dans lequel un *expert visionnaire* fournit la preuve *scientifique* du péril que l'islam représente pour la civilisation occidentale. Eussent-elles été dans leur lecture au-delà du titre, elles auraient déchanté. *Le Choc des civilisations* n'a rien d'un livre apocalyptique ni même d'un traité belliciste néoconservateur. Huntington entend simplement démontrer que la mondialisation du modèle techno-scientifique et consumériste occidental n'a pas abouti à l'homogénéisation des cultures, ni à un consensus sur la démocratie libérale, et qu'elle risque d'entraîner le réveil d'identités culturelles et, très probablement, leurs affrontements. Tranchant avec la brutalité marketing du titre – choisi pour prendre le contre-pied du livre de Francis

Fukuyama, paru en 1992, *La Fin de l'Histoire* – le texte du livre reste très prudent, son vocabulaire très « politiquement correct ». Huntington use du mot « conflit » plutôt que du mot « guerre », écrit « influence » au lieu de « domination », ne parle pas de terrorisme. Quant à l'islam – et à sa « résurgence » –, il ne lui consacre qu'une cinquantaine de pages dans un volume qui en contient cinq cents. Concernant l'avenir du monde, rien n'y est affirmé, tout y est conjecturé. Le livre date de 1996. Sous un ton docte, Huntington ne fait qu'exprimer le désarroi dans lequel se trouvent, à cette époque, les « stratèges » du gouvernement des États-Unis. Avant la chute du Mur de Berlin, deux mondes s'affrontent : le monde dit libre et le monde dit totalitaire. Lorsque le bloc soviétique s'effondre, comment la puissance suprême de la « civilisation » redessinera-t-elle la carte du monde – autrement dit, quelle place donnera-t-elle ou confisquera-t-elle aux Européens, aux Asiatiques, aux Africains, aux Russes, aux Arabes, aux Latino-Américains, bref, aux non-Étasuniens ? Telle est, n'en déplaise aux têtes plates, la seule interrogation du livre de Huntington, interrogation qui lui permet d'avancer la thèse selon laquelle, désormais, les nations ne s'entrechoqueront plus à cause de rivalités économiques ou territoriales mais à cause de différences culturelles – ou, inversement, les nations ne se regrouperont et ne s'allieront plus contre d'autres selon des convergences stratégiques mais par affinités de mœurs et de cultes. Quand on voit les rivalités intracontinentales des pays européens, africains, latino-américains, asiatiques, rien ne semble plus fantasque que la thèse de Huntington. Que dire, par là, des nations du « monde musulman » où, plus que partout ailleurs, l'inimitié fait rage – entre sunnites et chiites, entre kurdes et turcs, entre perses et arabes, etc. – les unes et les autres soutenues par des d'États occidentaux et « chrétiens » eux-mêmes rivaux. Qui peut croire que c'est en raison de proximités culturelles et cultuelles que les États-Unis sont les alliés de l'Arabie saoudite, du Pakistan et de l'Égypte, la Russie l'amie de l'Iran, de la Syrie et à présent de la Turquie ? Avant de lire Huntington, je m'attendais à tomber sur un disciple de Carl Schmitt qui reprendrait la dualité ami/ennemi, or j'ai eu affaire à un sage rejeton de Kant défendant l'idée que toutes les cultures et toutes les religions, par-delà leurs différences, ont des « valeurs fondamentales communes » – y compris, bien sûr, les diverses obédiences mahométanes – et que c'est en établissant à une échelle supranationale la « règle des points communs » que les dirigeants des pays œuvreront à une Civilisation universelle. Et, pour montrer qu'un tel idéal est possible, Huntington prône *in fine* comme modèle la cité moderne de… Singapour ! En lisant ce dernier chapitre, je ne doutai plus qu'il y avait tromperie sur la marchandise, qu'il eût été plus honnête de la part du bon professeur Huntington d'intituler son livre : *Vers la paix entre les civilisations*.

La Schiffterina est partie en Californie.

Le principal bienfait de ma mise hors-service est de ne plus ressentir l'accablement physique qui m'étreignait quand je passais la barrière d'entrée du lycée. Dès le parking, à la vue des bâtiments, mon être s'affaissait en lui-même. Apercevais-je un élève, un *enseignant* – ah !, la laideur de ce mot ! –, un membre du personnel administratif, j'étais pris d'une sensation de danger imminent. J'avais toutes les raisons d'être effrayé. Je savais ce qui m'attendait. Depuis le temps que j'en endurais l'épreuve ! J'entrais dans la gueule d'un Léviathan qui mastiquait des moments de ma vie. Au bout de quelques heures, il recrachait mon âme toute mâchée. Depuis qu'on me protège de ce monstre dévorateur de temps et broyeur de sérénité, je me sens mieux. Mais j'en ai encore peur. Sa vue m'emplira toujours d'effroi. Aussi cela fait des mois que j'évite le quartier où il se trouve – sournoisement caché dans un grand et beau parc.

Une nouvelle chasse à l'homme est lancée contre le seul et courageux défenseur des Français. Dans *Causeur* Éric Zemmour a déclaré à Élisabeth Lévy – flanquée de son fidèle harki Daoud Boughezala : « *Je respecte des gens* [les djihadistes] *qui meurent pour ce en quoi ils croient, ce dont nous ne sommes plus capables.* » Depuis trop longtemps notre pays souffre de ne plus s'enorgueillir d'une grande intelligence capable de défendre le fanatisme et de rappeler aux âmes sensibles qu'« *à la guerre, il n'y a pas de victimes innocentes* ». Avec Éric Zemmour la France a retrouvé un Jean-Paul Sartre.

Voilà trois jours que j'ai les sinus un peu douloureux et la gorge enflammée le matin. J'éternue beaucoup. Je remarque qu'avec l'âge mes crises d'éternuement durent plus longtemps. Je me demande si, en l'occurrence, le rhume en est la cause. Il doit s'agir plutôt d'une simple allergie à moi-même.

Dix jours que la Schiffterina est absente. Nos sessions me manquent. Depuis qu'elle m'a redonné entièrement à moi-même

– pour deux semaines –, je deviens kantien. Non sur le plan philosophique, mais sur le plan existentiel. Je veux dire que le célibat imprime à mes journées une ritualisation assez similaire à celle du penseur solitaire de Königsberg. Le matin, réveillé tôt, ayant peu dormi, j'engloutis un ou deux litres de café tout en lisant ou en écrivant. Quand vient l'heure de déjeuner, je me déniche des tomates, une boule de mozarella, deux œufs que je fais durcir. Après ce repas bien mérité, j'enchaîne avec une sieste d'une durée conséquente. Puis, une fois levé, je vais faire ma promenade dont le circuit est inchangeable : sentier des falaises, bord de mer jusqu'à la plage de la Madrague ou des Cavaliers, puis, au retour, pour finir montée dite du VVF. Ainsi me voit-on déambuler chaque après-midi entre 15 h 30 et 17 h 30 – heure d'hiver – dans le quartier on ne peut plus balnéaire de la Chambre d'Amour.

Cet après-midi, en allant musarder aux Sables d'or, j'ai compté six jeunes filles assises ou allongées sur les bancs de la promenade absorbées dans la lecture de livres épais. Quand je vis la première, je crus à un mirage. Puis, à la vue des suivantes, je fus convaincu qu'il s'agissait d'un coup monté par je ne sais quelle chaîne de télévision spécialisée dans les émissions de caméra cachée. Toutes ces petites lectrices dorant leurs gambettes au soleil d'automne… Pareil phénomène, déjà très rare à l'époque précédant le fétichisme du *smartphone*, ne pouvait plus se produire. Au moment où j'écris ces remarques, assis moi aussi sur un banc face à la mer, je me sens en proie à un contentement identique à celui qu'éprouve un ornithologue qui voit réapparaître une espèce rare de volatiles qu'il tenait pour perdue. Bien sûr aucune de ces demoiselles ne lisait l'un de mes livres, mais de les avoir vues ainsi posées et picorer avidement des mots, cela a suffi à me donner une raison d'écrire.

Le prix Nobel de littérature a été décerné à Bob Dylan, auteur-compositeur de chansonnettes poético-engagées, merveilleux virtuose du tambourin à grelots.

Dans quatre jours, le 22 octobre, j'aurai soixante ans.

Un nouveau contrat signé avec Flammarion. Je succombe à la tentation romanesque mais je suis atteint du syndrome du caméléon. Quand je lis un roman qui me tient, je me dis : c'est comme ça qu'il te faut écrire. Alors, dès que je me mets au travail, je tente de retrouver la patte de mon écrivain du moment. L'ennui est que je varie mes lectures. Pareille perméabilité me désoriente. Dans quelle veine écrirai-je mon propre roman ? Je l'ai déjà commencé. Les chapitres jurent entre eux. Cela ressemble à une marqueterie mal jointe, comme dirait Montaigne, faite de pièces fabriquées par un artisan amateur, au geste gourd, au style hésitant. Commencer à soixante ans une carrière de romancier et se mettre en situation de *se chercher* !... Même répétitifs, mes essais suffisaient à exprimer mes divagations. Quelle idée de se renouveler dans le radotage ?

Prélevé chez Antoine de Courtin : « *Ce que nous pensons de ces gens si acharnés à la lecture qu'ils en quittent toutes leurs affaires* [...], *qui sont sans cesse non seulement sur les livres mais à faire des livres, ces songes creux toujours distraits et qui vous répondent non quand il faut répondre oui, qui se mordent les ongles et mangent les bouts de leurs gants pour trouver quelque belle pensée ? Ces sortes de gens ne sont bons à rien car ne lire que pour s'amuser et ne faire des livres que pour la vanité d'être auteur, laissant cependant des emplois qui sont d'obligation, c'est être inutile et c'est encore prendre beaucoup de peine pour l'être car il n'y a rien qui coûte autant que l'étude ni qui donne autant de peine de faire des livres.* [...] *L'étude est quelque chose de bon si on en fait bon usage. Mais de se mordre les ongles et manger ses gants pour empoisonner le monde de fables et de romans qui ne servent qu'à allumer des passions criminelles dans l'âme, qui ne servent qu'à corrompre l'esprit au lieu de l'instruire, qui ne servent enfin qu'à faire perdre le temps après que l'auteur l'a perdu le premier en s'amusant à cette espèce de magie, au lieu de s'occuper à quelque chose de solide et d'utile [...], c'est se rendre coupable non seulement de sa propre paresse mais encore de la paresse des autres et c'est ce que nous détestons ici.* » *Traité de la paresse ou de l'art de bien employer son temps* (1 673).

Mon vieux téléphone portable est tombé dans l'eau du bain et s'est noyé. J'ai tenté de le sauver et j'y suis parvenu. Ou Dieu a logé le principe d'immortalité dans ce petit appareil ou Il m'a fait don du pouvoir de ressusciter les morts.

Hier soir je suis allé au café philosophique du Plaza qui avait invité Jean-Yves Pouilloux pour une causerie. La grande salle du bar était pleine. Peu de jeunes gens. Jean-Yves Pouilloux s'exprime sans cuistrerie, sans se départir d'une humeur souriante.

Évoquer Rabelais, Montaigne, Proust, l'air de rien, comme s'il s'agissait de ses amis intimes, cela demande du talent, bien sûr, et cette aisance que permet seule une grande érudition. Je suis reparti avec son livre dédicacé, *L'Art et la Formule*, publié chez Sollers.

22 octobre. Soixante ans. Je ne comprends pas. Hier, j'étais un enfant et aujourd'hui un vieux. Se peut-il que j'aie pu vieillir en un jour ? Le pire est que tout le monde semble trouver que je colle bien à cet âge. Durant l'année écoulée, pour tester la réaction d'interlocuteurs occasionnels, je disais « Je vais avoir soixante ans » ou « J'ai soixante ans ». Aucun étonnement. Aucune protestation, même de politesse. Pourtant, quand je me regarde nu dans le miroir de ma salle de bains je ne vois ni le visage ni le corps d'un vieux type. Mes muscles tiennent bon. La nage, le surf, l'exercice en salle, cela conserve. Se conserver... Toute ma vie tient désormais en ce programme. Quand on est vieux, on n'a plus qu'une éthique : l'auto-taxidermie.

Déjeuner très agréable, *at home*, avec Laurence et Raphaël. De beaux cadeaux. Un bouquet de fleurs et trois livres : un sur Philip Roth, un sur Truffaut, un sur Marilyn. J'ai prêté à Laurence l'excellent roman de Pierre Lamalattie : *Précipitation en milieu acide*.

J'ai commencé à lire la biographie de Philip Roth. À l'université, quand il se rendait à l'office religieux, il lisait sur son banc *Le Monde comme volonté et comme représentation*.

Dîner, hier soir, avec les Nori aux Coulisses. Le champagne et le vin – un Béret noir – m'ont dopé. Parlé, parlé, parlé. Il faut avoir une solide amitié pour moi pour supporter mon bagout. En les raccompagnant, dans la voiture, j'ai mis un disque de compilation de tubes italiens. Nous avons chanté à tue-tête *L'Italiano* de Toto Cutugno :

Lasciatemi cantare con la chitara in mano
Lasciatemi cantare, sono l'italiano

En arrivant chez mes amis, commençait *L'amore con te* de Mario Valentino. J'ai monté le volume. Nous sommes descendus de la voiture dont je laissai la portière ouverte. J'ai demandé à Claude la permission d'inviter Isabelle à danser. Un slow, la nuit, dans Biarritz, à une heure du matin, sous un réverbère, avec Isa Bella. Magnifique cadeau d'anniversaire.

Dimanche matin, le Béret noir de la veille me serre les tempes. J'avale un Doliprane, trois cafés, chausse ma paire de Converse et je pars pour une marche expiatrice et thérapeutique jusqu'à la plage des Cavaliers. Une heure et demie de balade à un pas soutenu sous un vent de sud. Je suis doublé de temps en temps par de jolies coureuses dont le derrière, pris dans une sorte de pantalon-fuseau, bouge avec gaieté au rythme de la foulée. La vision des derrières féminins aura été l'une de mes principales joies.

Raphaël m'a envoyé *Déambulations*, son dernier rap. J'aime ce passage :

Suis-je un imbécile ?
Je suis indécis,
Juste un singe qu'écrit
Des images comme un dessinateur,
Des messages sans destinataire.
Je rêve d'une femme à la fois mûre et candide,
Chaleureuse et distante,
Malheureuse à mi-temps,
Et dont l'allure est splendide.

Je pense mille trucs en même temps,
Faudrait faire le tri,
Que ma cervelle se vide,
Par une fissure béante.
J'ai mon avis sur les gens,
Je le tais je sais qu'c'est mieux,
On voit la vérité seulement quand on ferme les yeux.

Cicéron : « *La vieillesse… on est tous désireux d'y parvenir, et, quand on y est, on a contre elle quantité de griefs.* » Le philosophe – dont les vieux jours furent avortés puisqu'il a fini assassiné, décapité et les mains tranchées sur ordre de Marc Antoine – loue la vieillesse de nous débarrasser de l'obsession des plaisirs. Il oublie la nostalgie de nos péchés de jeunesse. Une hantise du *jamais plus* qui empoisonne la prétendue sérénité de l'ancêtre.

Ce que j'aurai cultivé durant un demi-siècle :
– mon chagrin d'orphelin

– ma flemme
– ma ligne
– mes doutes
– mes complexes
– ma culture générale
– mon crawl

Ce que j'aurai négligé dans le même temps :
– les études
– l'ambition
– les voyages
– l'argent
– les relations
– le sérieux
– le surf

Au téléphone, Raphaël me dit qu'il s'est enfin occupé du dossier que lui demande depuis deux semaines je ne sais quelle administration. Il éclate de rire quand je lui apprends que Cioran avait l'envie d'en finir dès qu'il lui fallait remplir un imprimé.

Malgré ses efforts, Emmanuel Carrère ne parvient pas à m'intéresser aux premiers Chrétiens. La rivalité entre Paul et Jacques, le frère de Jésus, ne repose sur aucun différend doctrinal. Les deux hommes, qui se disputent une autorité de chefs de secte, ont enterré l'enseignement du maître. Quant à Luc, je suis étonné qu'il ait trouvé un intérêt à ces Juifs hérétiques plus tatillons, sur bien des points, que les traditionalistes.

Françoise est rentrée de Californie hier. Tièdes retrouvailles. Session médiocre. Elle met son peu de joie à me revoir sur le compte de la fatigue du voyage. Je lui fais part de ma perplexité. « Tu n'as jamais pris l'avion au-delà d'un trajet de trois heures, tu ne sais pas ce qu'est un décalage horaire. » Dire cela, à moi, qui ne coïncide pas avec mon temps et ne suis le contemporain de personne !

Rien de tel qu'une nuit de sommeil pour changer d'humeur. Je me suis couché un peu morose, je me réveille totalement déprimé.

C'est en feuilletant – non sans plaisir – *People bazar*, le livre de souvenirs de Jean-Pierre de Lucovich, que je prends toute la mesure de la vie rangée qui aura été la mienne. Je n'ai pas vécu à Paris et, quand j'y étais de passage, je n'ai jamais mis les pieds dans une boîte à la mode. Je ne suis pas *constitué* pour le monde de la nuit. La musique et les gens m'oppressent. Je ne bois pas. Je n'ai jamais inspiré une « ligne » de cocaïne. Je ne danse pas non plus. Je reste inhibé devant les jolies filles. Si, un jour, je mets en forme mes carnets de notes et d'anecdotes pour en faire un livre, je l'intitulerai *L'Homme coincé*.

Hier soir, excellente session. J'ai retrouvé Françoise.

Soixante ans et presque un mois... J'ai peut-être abandonné des idées de ma jeunesse mais j'ai conservé l'essentiel : ma ligne et mes cheveux.

Sébastien Lapaque séjourne à Biarritz durant les vacances scolaires. Nous nous sommes donné rendez-vous, hier, au Plaza. À un moment de la discussion, Sébastien m'avoua qu'il avait jeté à la poubelle l'un de mes livres dans lequel je brocardais Baudouin de Bodinat. Je crois que l'engouement des quadragénaires des lettres pour cet auteur pâteux de critique sociale tient au fait qu'ils sont frustrés de n'avoir pas connu l'époque durant laquelle sévissait Guy Debord. Ils retrouvent chez Bodinat le folklore néo-situationniste du censeur du temps, grave, solitaire, mystérieux, sans concession, sans visage.

J'ai laissé tomber *Le Royaume*, d'Emmanuel Carrère. Les premiers Chrétiens me rasent. Des rabat-joie plus pénibles encore que les sermonneurs stoïciens – qui les méprisaient. Marc Aurèle en jeta bon nombre aux lions. Le résultat fut contre-productif mais le principe légitime.

Des barbares appelés plus communément « jardiniers » ont envahi le parc. Équipés de machines tranchantes et pétaradantes, ils attaquent dans un vacarme de fin du monde la pelouse, les platanes, les magnolias, les arbousiers. Derrière mes fenêtres, je regarde, impuissant, le terrible spectacle des exactions de ces guerriers sortis d'un *Mad Max* à qui il ne manque plus que des crêtes de punk.

La nostalgie et la rancune. Les deux passerelles qui mènent à mon passé.

Ce matin, le *Sud Ouest* que je feuillette à l'HP en buvant un café, m'apprend qu'une dizaine de cas de tuberculose ont été détectés dans le lycée où j'officiais et que les services sanitaires allaient y organiser des journées de dépistage. J'ai bien fait de me tirer de là ! Enseigner dans un lycée moderne une discipline qui remonte à l'Antiquité et y contracter une maladie d'un autre âge !

Vulgarité des écrivains actuels qui inspirent et recrachent l'air du temps comme des chansonniers.

J'ai vu hier soir la fin de l'excellent feuilleton *Un village français sous l'Occupation*. L'Histoire, ses aléas et ses fatalités, y est montrée à l'œuvre *au-dedans* des personnages. Elle s'incorpore si bien en eux qu'elle apparaît dans toute son absurdité tragique. Le tour de force des scénaristes est d'avoir fait de Heinrich Müller, le chef du SD morphinomane, la figure la plus intéressante de tous ces héros. L'officier SS qui, juste après la Libération, devient un indispensable agent de l'OSS, écrase de son charisme les résistants staliniens et gaullistes – les premiers empêtrés dans la ligne du Parti et les seconds soucieux d'instaurer leur futur pouvoir.

Pour ce rôle de beau salaud, il n'y avait d'autre choix que de le confier à l'acteur Richard Sammel.

Des jours sans rien noter. Ce matin, je me dis qu'il me faut trouver quelque chose à griffonner – un aphorisme, une remarque, une humeur. J'ouvre mon carnet, prends une plume et guette une pensée qui me traversera l'esprit. Je crois en percevoir une. J'attends qu'elle se précise. Ce n'est qu'une vague impression. Elle s'évapore. Je bâille et abandonne.

Tous ces chercheurs en philosophie !... Qu'espèrent-ils trouver de neuf sous le soleil ?

Ayant à élire un escroc en jupons du parti démocrate ou un escroc bouffi du parti républicain, les Américains ont préféré le second, une sorte de Berlusconi à la mode locale. En France, les intellectuels de gauche s'étouffent d'indignation, tandis que des plumitifs populistes exultent en remuant du croupion comme des guenons devant un mâle dominant.

Si Sénèque examinait mes lectures du moment – des mémoires de chroniqueurs mondains, des biographies de stars ou d'écrivains pipole – il serait consterné de voir combien mon esprit se dissipe, lui qui écrivait à Lucilius : « *Avise-toi que de passer du temps à lire des auteurs nombreux et des livres de toutes sortes est la meilleure manière pour ton âme de vagabonder et de s'égarer. À voyager sans se poser jamais, on a beaucoup de chambres d'hôtes, mais aucune amitié.*

C'est ce qui t'arrivera. En parcourant avec hâte et sans discernement quantité de petits ouvrages, tu ne te lieras intimement à aucun génie. »

Depuis le jour anniversaire de mes soixante ans, le 22 octobre dernier, je m'observe afin de repérer les signes de la vieillesse qui arrive. Le premier auquel j'apporte une attention particulière est bien entendu la fonction priapique. Or l'âge ne l'a pas encore affectée. Tout va bien.

Samedi matin, 10h, notre amie Agnès enterre sa mère, décédée à soixante-seize ans. Messe d'adieu dans la chapelle d'Itxassou. Un curé inculte. Oraison funèbre indigente. Aucune réflexion sur la mort. Bondieuseries ânonnées et chantées. Seules des bigotes semblent prendre du plaisir à cette interminable cérémonie. Aux obsèques du père de Françoise, il y a quinze ans, le serviteur de Dieu fut aussi nul. Quel irrespect à l'égard des défunts ! Une église est le dernier endroit où on peut entendre un discours métaphysique.

Après l'enterrement, Françoise a voulu que nous nous arrêtions dans la maison de repos de Cambo où séjourne Marie, une vieille dame de quatre-vingt-quatre ans qui a été jadis au service de sa famille et qui se remet d'une récente ablation d'un rein. À peine étions-nous arrivés dans sa chambre, que la convalescente, toute guillerette, a insisté pour que nous admirions ses cicatrices. Malgré nos protestations, elle releva son haut de pyjama et exhiba de larges entailles couturées dans les plis du gras ventral. On eût dit que le chirurgien s'était servi d'une baïonnette. La vieille resta ainsi un moment tel un grognard fier de ses blessures de guerre. L'hystérie, maladie incurable des femmes.

Depuis les primaires américaines et celles de la droite française, une puanteur plébéienne sature l'atmosphère. Avec les primaires de la gauche qui approchent, suivies des élections présidentielles et législatives, l'air n'est pas près de se purifier. Comme lors des grandes et interminables messes mondiales du sport, je tremble pour mon art de vivre. Les clameurs partisanes vandalisent l'ennui douillet de mes journées. La politique est une tyrannie du blabla. Blabla des tribuns, blabla des journalistes, blabla du populo. Difficile de se soustraire à ce tapage. Je me fais l'effet d'un chat qu'on veut enfermer dans une basse-cour afin qu'il s'intéresse aux caquètements, aux grognements et aux beuglements ambiants. Néanmoins, un chat ça observe. Les primaires américaines n'avaient pas d'enjeu politique mais esthétique. En élisant Trump, ce n'est pas Hillary Clinton que les Américains ont voulu éliminer. Ils ont exprimé leur haine de Woody Allen. D'ailleurs ce qui me gêne chez les gens qui n'apprécient pas Woody Allen, c'est leur côté Trump. Le nihilisme élégant, il est vrai, n'est pas populaire.

Si le diable existait, il me serait plus facile de pactiser avec lui qu'avec mes démons intérieurs.

Sénèque dit qu'avant de sortir de chez soi, il faut se rappeler qu'au-dehors les déments tiennent la rue et qu'on doit s'attendre à être à tout moment hélé, bousculé ou insulté. « *Quand on voit le forum débordant de citoyens ; quand on voit le Champ de Mars où court s'agglutiner la multitude ; quand on voit tel ou tel cirque dans lequel la presque totalité du peuple de Rome vient se montrer, on est sûr que se réunissent là autant de vices que d'individus.* » D'accord avec le philosophe, je m'aventure de moins en moins hors de chez moi. D'autant que, quand je sors, la vue de mes semblables me fait perdre sans tarder mon calme, ma patience et mon sens de la politesse. Il vaut mieux pour eux que je garde la chambre.

Enfant, adolescent, jeune homme, je me battais. Je cognais dur, même si, le plus souvent, je n'avais pas le dessus. Aux types plus grands ou plus balaises que moi je disais : « Tu vas me casser la gueule, mais tu vas avoir très mal. » J'ai eu des cocards et pissé le sang. Jamais rien de grave. Il m'arrive encore non pas de me battre mais d'en éprouver la pulsion quand on me fâche. Dans certaines circonstances, je serais capable de balancer une gifle, un coup de poing, un crachat. L'âge, le sentiment que je n'aurais pas la force de faire face à une réplique musclée de l'adversaire, retient mes gestes. J'en sécrète une rancune qui ne passe pas. Je me dis que je peux encore blesser par les mots et je ne m'en prive pas – ce qui, bien sûr, quand j'ai affaire à un type aussi caractériel que moi, a pour effet d'envenimer la dispute et de reconduire le risque de l'affrontement physique. Me faudra-t-il atteindre soixante-dix ans pour en finir avec mes réactions belliqueuses ? Un vieillard bagarreur… Puisse le sens du ridicule me donner alors le don d'indifférence qui m'aura toujours manqué.

Fidel Castro est mort. J'aimais bien son personnage, son côté boy-scout latino, un rien bling-bling quand il arborait ses deux

Rolex au même poignet. Bien sûr, il me faisait penser au général Alcazar, non pas tel qu'il apparaît dans *L'Oreille cassée* mais dans *Tintin et les Picaros*. On dit qu'au début de son règne il faisait fusiller ses ennemis et ses amis mais qu'avec l'âge il préférait les abandonner à la mort en prison. On dit aussi que le dictateur se laissait dominer par le charme des femmes. On lui attribue plus de trois mille conquêtes. Fidel était un impérialiste des cœurs.

Nous sommes le 27, jour anniversaire de la Schiffterina qui en veut à ses parents de l'avoir fait naître en novembre. Heureusement, ce dimanche, les dieux sont généreux. Beau temps, température douce, presque printanière. Balade le long des plages de Biarritz. Mer calme et lisse. Déjeuner au Bar Jean, noir de monde en ce jour de marché. Comme c'est le cas, je suppose, dans bien des villes, le quartier des halles est le fief des bobos, engeance haïe conjointement par les boubours, les bourgeois-bourrins, qui leur imputent à crime leur goût pour les produits bio et équitables, et les islamistes, qui envient leur habitude de l'apéritif vespéral dans les bars branchés en compagnie de filles de classes aisées, jolies et insouciantes.

À propos de boubours, la droite française est fière de s'être donné pour chef un paillasson orné d'une raie sur le côté sur quoi Nicolas Sarkozy a essuyé ses talonnettes pendant cinq ans.

Il m'aura fallu deux petites heures pour lire, non sans plaisir, le *Traité sur le libre-arbitre* de Vauvenargues, publié en format poche-de-blazer aux éditions Mille et une Nuits. Une attaque sans ambages, brève et alerte, de l'idée selon quoi les humains peuvent changer leur conduite par choix – ou par le pouvoir de la volonté obéissant à leur raison. « *S'il est vrai que cette volonté* [raisonnable] *soit en nous le premier principe, tout ne doit-il pas dériver de ce fonds et de cette cause ? Cependant combien de pensées qui ne sont pas volontaires ! Combien même de volontés opposées les unes aux autres ! Quel chaos ! Quelle confusion !* » L'étonnant n'est pas de retrouver dans cet opuscule des accents spinozistes, mais de fines considérations pré-schopenhaueriennes, pré-freudiennes même, sur les ressorts psychiques profonds qui figent les individus dans leur caractère et annihilent en eux toute possibilité de liberté. Sans qu'il en ait conscience, chacun de nous est déterminé par un mécanisme affectif qui lui est propre et dont le fonctionnement demeure immuable. Une névrose, en somme. Si, au verrouillage des âmes, nous ajoutons les décrets tyranniques que Dieu, unique Volonté digne de ce nom, impose à la Création, nous ne pouvons que nous résigner à notre condition d'automates pensants, résignation en quoi consiste notre seule dignité. Le moment le plus délectable du *Traité* se trouve à la fin. Conscient que la doctrine de l'église donne plein droit à la conception du libre-arbitre à l'exclusion de tout autre jugée hérétique – sous l'impulsion des jésuites –, Vauvenargues écrit : « *Si l'on peut me faire voir* [que mes vues] *sont contraires* [à la théorie officielle], *j'y renonce de tout mon cœur sachant combien notre esprit, sur de semblables matières, est sujet à l'illusion et que la vérité ne peut pas se trouver en dehors de l'Église catholique et du Pape qui en est le chef.* »

Décembre 2016

François Hollande a déclaré qu'il ne se représenterait pas à la présidence de la République. Geste qui, étant donné la dimension monarchique de la Constitution, s'apparente à une *abdication* et, par là, rehausse la stature du personnage, même – quoi qu'ils en disent – aux yeux de ses ennemis. Quand on s'est évertué à conquérir le pouvoir puis à en légitimer la possession et l'exercice, y renoncer *in fine* ne manque pas d'allure – quand bien même la volonté de s'y accrocher eût été une folie. Et puis, prendre congé avant même la sanction des urnes est un moyen plaisant de priver le peuple de la liberté de destituer son souverain.

Dans son dernier ouvrage sur Einstein, Étienne Klein aurait pillé des écrivains et des philosophes qu'il cite sans guillemets. Curieux ce snobisme chez les scientifiques de vouloir passer pour des auteurs ou des penseurs. De quel complexe d'infériorité souffrent-ils par rapport aux gens de lettres ? Klein s'est construit une célébrité en racontant à la radio « les grandes énigmes de l'univers ». Mazette ! Je n'ai guère d'estime pour les vulgarisateurs quelle que soit leur discipline. Si les gens s'entichent d'un savoir complexe, qu'ils fassent des études supérieures. Ce n'est pas aux spécialistes à leur distribuer des connaissances au rabais. D'ailleurs, ce que les amateurs cherchent dans les ouvrages de vulgarisation scientifique n'est pas un remède à leur ignorance mais la confirmation de leurs croyances ou de leur athéisme. Les premiers lisent Trinh Xuan Thuan, les seconds Étienne Klein ou, peut-être, Hubert Reeves. Dans les deux cas ils ne dépassent pas le niveau des frères Bogdanov.

Je l'écris souvent : j'aime les arbres du parc. Ils vivent là, à portée de mon regard. Chaque jour, je les retrouve avec plaisir. Ils sont en bonne santé, solides. Indifférents à ma présence, ils ignorent que je les observe. Ma mort ne sera rien pour eux.

Julien, l'empereur romain, l'auteur de *Contre les Galiléens*, a raison de rappeler que le dieu dont se coiffent les Hébreux n'est qu'une divinité nationale et non l'unique créateur du monde. Les Hébreux sont peut-être les chéris de leur dieu, mais cela ne les autorise pas à affirmer que leur dieu est Dieu. Julien a aussi raison quand il juge Yahvé *vicieux*. Ce passage de l'*Exode* (20:5) lui reste en travers de la gorge : « *Je suis un Dieu jaloux ! Je punis l'iniquité des pères sur les enfants jusqu'à la troisième et la quatrième génération de ceux qui me haïssent.* » Avec sa manie de pardonner, le dieu des Galiléens ne vaut pas mieux. La rancune comme la miséricorde sont des faiblesses. Au milieu se tient la *magnanimité*, la vertu des grands rois.

Reçu un mot d'Iñaki Uriarte. Après une période de deuil qui a suivi la mort de leur chat Borges, María et lui ont adopté deux chatons : Tom et Woody. Tom en hommage à Tom Jobim et Woody en hommage à Woody Allen. « *Si Borges avait fait de la maison un temple qui lui était consacré*, écrit Iñaki, *Tom et Woody l'ont transformée en décor de dessin animé.* »

Quand il m'arrive de regarder les émissions de télévision consacrées à l'actualité politique, je remarque que parmi les journalistes qui ont l'habitude d'y venir pontifier, d'aucuns, qui ont une petite soixantaine, se teignent les cheveux. Sous les éclairages colorés du studio, le dessus de leur tête ressemble à une auréole aplatie brunâtre ou blondâtre – ou alors à une sorte de pizza calzone ratée. Ayant commencé à grisonner à la quarantaine, il ne m'est jamais venu à l'esprit de recourir à cet artifice capillaire pour donner l'impression que j'étais encore dans la trentaine. Aujourd'hui, toute ma chevelure est grise et je m'en accommode fort bien. Le drame, pour moi, eût été de perdre mes cheveux précocement. Or ils tiennent encore sur mon crâne, coiffés comme je l'étais dans les années 1970. Je n'aime pas ma physionomie, mais je crois que si on a pu lui trouver de l'agrément cela vient de ce que j'ai été un *chevelu*.

À Dakar, quand j'étais enfant, mon père me tondait les cheveux. Nous nous installions sur la véranda de la maison. Mon père m'asseyait sur la table de couture de ma mère et, parfois, il me calait un coussin sous les fesses. Là, debout, derrière moi, de sa tondeuse à main, il me taillait les cheveux à ras. Non pas en brosse, à ras. Je me rappelle le plaisir de mon père quand il me tondait. Je sentais que, chez lui, l'acte de me tondre relevait d'une nécessité. Il *fallait* qu'il me tonde. D'ailleurs, quand il sortait la boîte qui contenait la tondeuse, il prenait un ton très sérieux pour me dire : « *Arrête de jouer ! Il faut que je te tonde !* » Cette tondeuse, il l'avait achetée uniquement pour moi. Je veux dire pour me tailler, à moi seul, les cheveux à ras. Aurait-il eu un autre fils, il lui épargnait la cérémonie de la tonte. La tondeuse m'était réservée. De ses deux fils, l'un aurait été tondu, moi, l'autre non. La mort de mon père, survenue en 1966, a coïncidé avec la mode des cheveux longs pour les garçons. À Biarritz, où nous avions échoué, ma mère et moi, elle était même déjà répandue. J'y ai donc sacrifié sans tarder. À l'âge de onze ans, en même temps que poussaient mes premières mèches, mon enfance prenait fin. Je n'ai jamais plus revu la tondeuse de mon père. Elle a dû rester à Dakar, avec les souvenirs que je garde de lui.

Je ne suis pas théologien, mais il me semble que les Chrétiens se montent le bourrichon quand ils prétendent que Dieu, Dieu le père, aime tous ses enfants, sans exception, d'un amour égal et absolu. S'il n'est pas sélectif, l'amour n'est pas l'amour. Je connais des pères qui aiment plus tel de leurs enfants que tel autre. Peut-être compensent-ils ce déficit d'amour par de l'indulgence, de la bienveillance, de la tendresse, mais ni l'indulgence, ni la bienveillance, ni la tendresse ne sont de l'amour. Pourquoi Dieu, en tant que Père, échapperait-Il à ce principe des préférences ? À l'évidence, du moins ici-bas, Il a ses têtes. Je ne fais pas partie du lot. Non qu'Il m'envoie des épreuves, mais Il m'ignore. Je ne me plains pas. J'ai été orphelin de père à l'âge de neuf ans et, n'ayant pas cherché à m'adopter, Dieu m'a laissé grandir sans tutelle paternelle. On pourrait m'objecter qu'il existe une autre forme d'amour de Dieu, non pas filiale mais mystique. Là encore, le Créateur m'a dispensé de cette grâce. Je n'ai jamais eu avec Lui la moindre passade.

Depuis mon enfance, je vis avec le sentiment d'être *à la traîne*.

« Créatif ». Non pas l'adjectif mais le nom. Quel mot risible ! Il désigne le premier venu qui s'essaie à une « expression artistique », principalement la photographie. Le drame est que le progrès technique dans le domaine de l'image suscite chaque jour des vocations. Mais pareille fièvre concerne tous les « arts ». À commencer, hélas, par l'écriture. Les gendelettreux, les poèteux, les philosopheux, combien de divisions ! Le talent ne devient pas seulement la chose au monde la plus répandue, mais un droit. Quel philistin ne revendique pas son « potentiel créatif » ? Hé quoi !, n'est-ce pas une façon de retrouver l'enfant qu'on a été, riche de sa spontanéité imaginaire – et gnagnagna ? Heureusement, le nom de « créatif » n'existe pas au féminin. Enfin, je l'espère.

Dehors, des ouvriers perchés sur un échafaudage rafistolent les huisseries. Dedans, des ouvriers repeignent une des salles de bains. Je subis, chez moi, la dictature du prolétariat !

En lisant *Contre les Galiléens*, je me demandais si j'étais, comme l'empereur Julien, un apostat. Élevé dans la religion catholique, je m'en suis dégagé le lendemain même de ma communion solennelle. C'était au mois de juin 1968, à Biarritz. Il faisait très beau. C'était un temps béni et j'allais sur les plages. Je découvrais mes petites camarades dans leur bikini, leurs grandes sœurs en minijupe. Vénus avait profité du printemps pour se glisser sous mon aube, m'entraînant vers ses mystères. Bien que n'étant plus très catholique depuis longtemps, je ne me définirai pas comme un apostat, car cela supposerait, si j'en étais un, que j'aurais renié la religion de mon baptême pour me convertir à une autre. Non seulement mon athéisme m'a empêché de changer de camp, mais, malgré le dégoût que m'inspire le pharisaïsme des *cathos*, je conserve un fond de catholicisme. Je ne parle pas de ma culture augustinienne nourrie de la lecture des écrivains jansénistes. Je parle d'une intolérance instinctive et toujours vivace à l'égard des Juifs et des Musulmans – ennemis en adoration mais frères en circoncision –, des suppôts du luthérianisme, des Orthodoxes – et de leur clergé sodomite –, des Bouddhistes tibétains en méditation. Une bonne éducation et un scepticisme précoce ont étouffé en moi le zèle de l'inquisiteur. Mais la sincérité m'oblige à confesser que, parfois, à la vue d'un de ces hérétiques, je restaure aussitôt en imagination le tribunal du Saint-Office afin d'y prononcer des condamnations sévères, et, bien sûr, sans appel. Il va sans dire que mon zèle épargne les sorcières.

Noël n'a pas encore eu lieu – le réveillon est pour ce soir – et pourtant la semaine qui vient de s'écouler a été chargée en dîners copieux et arrosés. Et, bien sûr, je suis furieux contre moi. Car, le lendemain, il m'est impossible de me mettre à mon bureau pour écrire quelques phrases intelligentes. Le dernier de ces repas s'est même terminé dans une ambiance de stupidité et d'hilarité absolues à cause d'une consommation immodérée d'herbe. J'ignore ce qui m'a pris de participer à cette séance de calumet. Mon dernier joint remonte à mes vingt ans. C'est en classe de seconde ou de première que je m'étais mis à fumer, occasionnellement. La mode au lycée de Biarritz et, bien sûr, dans le milieu surfeur, était à l'abrutissement. *Être abruti*, tel était l'idéal de la jeunesse biarrote dans les années 1970. Et, de fait, la jeunesse biarrote était essentiellement peuplée d'abrutis. Je puis même affirmer que tous les jeunes Biarrots, filles et garçons, étaient sans exception des abrutis. Moi-même, donc, j'étais gagné, parfois, par l'envie de m'abrutir. Je me rappelle la chaussette de joueur de rugby pleine de feuilles séchées de cannabis que m'avait offerte un ami qui cultivait cette plante chez lui. Je me revois plonger la main dans cette mini-hotte de père Noël et en distribuer des poignées à tel ou tel. À l'époque, alors que j'étais encore mineur, je fréquentais le Steak House, haut lieu de l'abrutissement de la jeunesse biarrote, et les deux ou trois revendeurs du lieu me regardèrent de travers. Ils avaient du mal à comprendre le principe du *deal gratis*. Comme je n'étais pas désireux de me faire casser la figure par ces zozos, je me suis débarrassé de ma chaussette. Je ne me souviens plus à qui j'en fis cadeau. En tout cas cette herbe était, comme celle de l'autre soir chez mes amis, un bon *produit*, selon une expression d'aujourd'hui. Abrutissement garanti.

Noël est terminé. Je respire.

Les chœurs de l'armée rouge ont péri dans un accident d'avion et, le lendemain, c'est au tour de George Michael de mourir. C'est à la Schiffterina que je dois de connaître le second. Son côté crooner-rocker kitsch, me plaisait. Les premiers, en revanche, m'ont toujours laissé indifférent. Ne comprenant pas le russe, j'ignorais le contenu des paroles de leurs chants. Un mélange de folklore et de balivernes patriotiques, je suppose. De toute façon, russes, basques ou corses, les chœurs me cassent les oreilles. « *Pourquoi se mettre à plusieurs pour chanter des bêtises pareilles ? Un seul suffirait* », me dit un jour ma mère en regardant à la télévision les Compagnons de la chanson.

Le froid hivernal rapplique sur la côte. Biarritz est envahi de touristes, qui, le soir venu, se transforment en badauds pour aller admirer, avec la marmaille, les illuminations de Noël encore en place. Toutes les conditions sont réunies pour contracter la grippe. Une seule prévention, plus efficace que le vaccin : se claquemurer. Ne voir personne. Ne sortir de chez soi sous aucun prétexte.

Les éditions de l'Herne publient prochainement un numéro de leurs Cahiers consacré à Michel Houellebecq et, en parallèle, dans leur jolie collection « les Carnets » un opuscule de Houellebecq lui-même intitulé *En présence de Schopenhauer*. L'ami Lapaque m'a confié le soin de le « chroniquer » pour le *Figaro littéraire*. Dès les premières pages, on apprend que c'est à l'âge de vingt-cinq ans que Houellebecq découvrit par hasard, en bibliothèque, les *Aphorismes sur la sagesse*, ouvrage qui suscita aussitôt chez lui le désir de trouver *Le Monde comme volonté et comme représentation*. En quelques semaines, le jeune poète et le futur romancier, fut guéri de Nietzsche.

Passé trente ans, il est indigne de ne pas se dégriser de l'auteur du *Zarathoustra*, de ses ingénuités, de son emphase, de ses élucubrations dionysiaques. Si Schopenhauer est un excellent remède pour garder la tête froide, en ce qui me concerne, ce fut Cioran qui me délesta une bonne fois pour toutes du pataquès nietzschéen. Je relisais il y a quelques jours *De l'inconvénient d'être né*. Cioran y note la raison pourquoi, penseur pour penseur, il préfère Marc Aurèle à Nietzsche. « *Je trouve plus de réconfort, et même plus d'espoir, auprès d'un empereur fatigué qu'auprès d'un prophète fulgurant.* »

Soirée de la Saint-Sylvestre à Guéthary. Dîner au Poinçon, restaurant minuscule aménagé dans l'ancienne maison du chef de gare. Frédéric Beigbeder y avait réservé une table. Neuf convives. Quatre couples et un célibataire. Présents : Frédéric et Lara, Fabien O. et Nathalie, Pawel P. et Malgosia B., Julien R. et les Schiffterini. Un groupe hétéroclite réunissant le réalisateur de *Camping*, le cinéaste auteur de *Ida*, un top model, une ex-championne de surf, un écrivain célèbre, un philosophe sans qualités… Tout ce joli monde fut prompt à arroser, dès 20 h 30, à coup d'alcools brutaux, la fin de l'année 2016. Durant le repas j'ai pu discuter avec Pawel assis à ma droite. Je lui ai dit que je lui trouvai un faux air de Ludwig Wittgenstein, en plus beau. Nous avons parlé de *Ida*, de la beauté de ses actrices, des événements tragiques survenus dans sa vie partagée entre la Pologne, l'Allemagne, l'Angleterre et la France, du poète Georg Trakl auquel il a consacré un essai. Pendant ce temps, Frédéric réussissait à connecter à la *box* du lieu son téléphone portable – dans lequel il thésaurise tous ses *hits* préférés – et se mit à faire le DJ. Entre chaque plat, filles et garçons se levèrent pour danser. Les gens des autres tables firent de même et le Poinçon se changea en discothèque. Moi, qui ne bois qu'avec grande modération et dont les élans de danse se limitent à battre la mesure de la pointe de mes boots, j'observais les autres se trémousser. Comme à chaque fois que je suis spectateur de pareilles scènes, je trouve mes semblables ridicules et, quant à moi, je me juge bien plus ridicule encore de ne pas oser ce ridicule. Quand tout le monde est ridicule, plus personne ne l'est, me suis-je dit en battant la mesure de *I can't get no satisfaction*. À minuit, les clients du restaurant, le personnel, notre tablée, bref, tout le monde s'est embrassé et souhaité de bons vœux. Cela aussi est une coutume ridicule. Mais, là encore, quand on s'est assemblé pour fêter la mort d'une année et la naissance d'une autre, le ridicule est de ne pas respecter la coutume. À une heure du matin, notre petit groupe a traversé la rue pour se rendre au Madrid transformé lui aussi, pour l'occasion, en *dancing*. La terrasse chauffée par des lampadaires à gaz était noire d'une foule en guerre contre son ennui et la salle plus noire de monde encore – avec une concentration de jolies femmes communiant dans les trépidations d'une sonorisation saturée. Et là, ai-je pensé, toujours en battant la mesure de la pointe de mes boots – tout en essayant de contrôler des bouffées anxieuses qui envahissaient ma poitrine à cause des humains amassés et agités qui m'entouraient –, là, ai-je pensé, *la femme est un animal dansant*. Dans les cavernes, me suis-je dit, les femmes dansaient. Non pas pour sacrifier à tel ou tel rituel, mais pour le plaisir de danser. Ce soir de la Saint-Sylvestre le Madrid était une caverne. Comme les danses préhistoriques me lassent vite, et, même, me terrifient, je suis sorti. À peine avais-je mis mes boots dehors qu'un bonhomme, la trentaine, le teint rubicond, coiffé d'un bonnet à pompon, me retint par l'épaule. « Je te connais, me dit-il en collant son visage contre le mien. Tu es Schiffter… J'ai lu tes bouquins… Tu n'as rien compris… Quand on n'a rien compris, il ne faut pas écrire… » « Si je vous disais que je suis d'accord avec vous, mon cher ?, ai-je répondu en reculant mon visage. Voulez-vous que je vous rembourse ? » À la faveur d'un flux de personnes désireuses d'entrer dans le Madrid, je me suis éclipsé. J'avais vu de la colère dans les yeux de mon interlocuteur. Encore un dérangé qui prétend lire mes livres, ai-je pensé. Mais, en faisant quelques pas dans le froid de la nuit de Guéthary, pendant que les jolies femmes dansaient au Madrid, je rectifiai mon jugement. C'était le bonnet encadrant le teint rougeaud qui m'avait incité à prendre cet homme de haut. Ses mots, que je traitai par l'ironie, étaient ceux d'un sage. Puisque tu n'as rien compris, n'écris rien… Cela pourrait être une excellente résolution pour l'année 2017 qui s'annonce. Termine le roman que tu as commencé, ainsi que les articles qu'il te faut rendre ici et là, et, me suis-je promis, en décembre prochain, tu arrêtes d'écrire.

Achevé d'imprimer par la SAI - Biarritz
Dépôt légal : octobre 2017

Achevé d'imprimer par la SAI - Biarritz
Dépôt légal : octobre 2017